JN053821
Presented by
九十九弐式
すかいふぁーむ
Illustration
伊藤宗一
〈経験値分配能力者〉
ポイントギフターの
異世界最強ソロライフ2
～ブラックギルドから
解放された男は
万能最強職として無双する～

CONTENTS

イルミナ
ルナシス
クロード
ギルドからフィルドを追放した
元ギルド長。ギルドの崩壊を、
フィルドのせいだと逆恨みする。
フィルド
“経験値分配能力者（ポイントギフター）”のスキルを持つ青年。
所属ギルドから追放されてしまうのだが、
そのあと、最強クラスの実力を手に入れ、
自由なソロライフを送ることを決意する。
セリス

セリス
ドワーフ最大の国家・ダイガルの姫。
王族としてのプライドが高く、何かと
フィルドに突っかかってくるが…!?
イルミナ
ルナシスの妹でエルフの国の姫として
森に魔力を捧げ、長く国を守ってきた。
多種多様な魔法を操る才能を持つ。
ルナシス
"剣聖"と呼ばれる程の腕前を誇るエルフ。
陰ながらトップギルドを支え続けた
フィルドのことを以前から慕っている。

ダッシュエックス文庫

ポイントギフター《経験値分配能力者》の異世界最強ソロライフ2

～ブラックギルドから解放された男は万能最強職として無双する～

九十九弐式

すかいふぁーむ

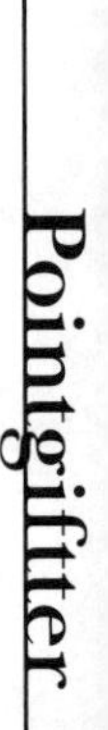

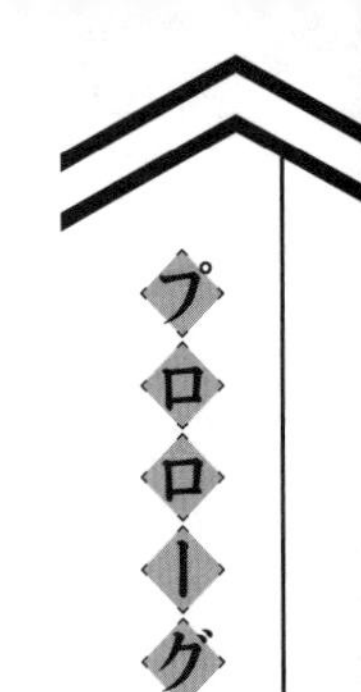

◇【盗賊クロードSIDE】

ある商人がいた。商人は装備や道具をドワーフ国から仕入れ、それをアルテア王国で販売することを生業としていた。

一見するとただの行商人にしか見えない。だが、情報があればその商人が持っている積み荷が特別高価なものだと知ることができた。

「止まりやがれ！」

「ひ、ひいっ！」

「命が惜しければ、積み荷を置いてけっ！」

物陰から幾人もの盗賊が現れる。皆、武器を持っていた。商人も防衛のために装備をしているが、それでも多勢に無勢である。

「へへっ。知ってるぜ俺は。この先にドワーフの国があることも。そして行商人がドワーフから商品を仕入れて販売していることも。そしてこの場所が人通りも少なく、絶好の襲撃ポイントだってことも」

一人の男が現れる。黒髪をした嫌味な男。商人は男に見覚えがあった。

「お、お前は!?　王都で警備兵からチラシを貰って見たことがある!!　確かクロードとかいう男だ!!　殺人容疑で指名手配されている!!」

「へへっ。有名人じゃねぇか、俺は」

フィルドとやり合った、王都でのことだった。クロードは魔法剣士から本格的に盗賊に転職した。クロードにはLVや経験値がなくともまがりなりにもトップギルドのギルド長に成り上がった天性の悪知恵が残っていた。

また人を纏める才覚にも恵まれ、今では幾人もの配下を従える、一大盗賊グループの頭領となっていた。

「お前はそれでいいのかっ!!　前はトップギルド『栄光の光』のギルドオーナーだったんだろ」

「それでいいのかって？　これでいいに決まってるだろ。俺にはもうこの道しか残ってねぇんだよ。選択肢が他にねぇんだよ」

「どうしやす？　お頭」

「殺しちまえ。もう四人殺してるんだ俺は。五人になったところで別に数字が変わるだけだ」

そう告げるクロードの表情は全く変化がなかった。もう人を殺すことに慣れきっている様子だった。魚を捌く程度の認識しか持ち合わせていない。

「逃げ帰られて、俺らの情報を漏らされても困る。死体はモンスターにでもくれてやって綺麗に処分しろ」

「へへっ。ではさくっと殺っちまいますぜ」

「ひ、ひいっ！　やめろっ！　やめてくれっ！」

「大人しくしてた方がいいぜ。そうすれば楽にあの世に逝けるからよ」

「やめろ！　やめろ！　いやだぁ！」

商人は泣き叫ぶ。キラリ、盗賊の持っているダガーナイフが光った。

「いやだあああああああああああああああああああああああああああああああああ！」

商人の断末魔の絶叫が響いた。

◇

しばらくして何も言わなくなった商人の死体が出来上がる。血の水たまりが広がっていく。

「へへへっ。見ていろよフィルド!!　俺は盗賊として成り上がってやる!!　それでお前に絶対復讐してやるからなっ!!　見てやがれ!!」

クロードは誰の目から見ても落ちるところまで落ちていた。だが、クロードだけはそのことに気づいていない。今はもうギルド長であった誇りも何も持ち合わせていない。

あるのはフィルドへの身勝手な復讐心だけだ。クロードは成り上がりだと思っているかもしれないが、普通の人間からすると奈落のさらに底までに落ちていっているとしか思えなかったのである。

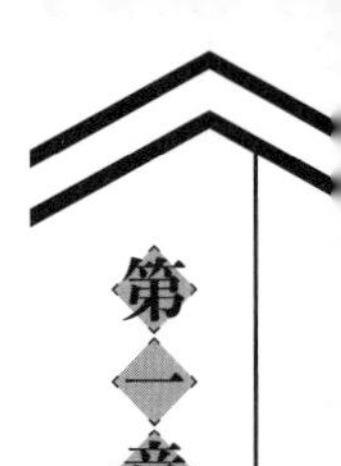

第一章 【ドワーフの国と盗賊騒ぎ】

「ったく……えらい手間取った」

俺とルナシス、それからイルミナの三人はやっとのことでエルフの国を出国した。かれこれ一週間程度、引き留めにあったのだ。

それを何とか振り払い、次なる目的地であるドワーフ最大の国家『ダイガル』へ向かえるようになったのである。

「大変でしたね。フィルド様」

「お前たちも乗っかるからだぞ。まったく」

「好意を持っている殿方と結ばれたい。そう願うのは乙女にとっては自然なことです」

「だからって結婚とか、そういう制度で俺を縛ることもないだろう」

正直に言えば嬉しい気持ちはある。こんな美少女二人から好意を寄せられて。普通の男だったらそのまま結婚だろうが何だろうが喜んで受け入れてしまうことだろう。

だが、俺は別だ。俺はもう誰にも縛られたくないんだ。ルナシスだろうがイルミナだろうが。

他の誰でも。

あのままエルフ国で一生を閉じるには俺はまだ若すぎる。もっと知らない国や世界を見て回りたいんだ。

だからあのレナードの誘いだって断ったのである。それでエルフ国に縛りつけられては本末転倒ではないか。

「それよりフィルド様、もうすぐダイガルに着きます」

ルナシスがそう言ってくる。

「そうか。もうそろそろか」

「はい」

その時だった。巨大な山の前に二人の小さな男がいた。二人とも武装をしている。

「ドワーフ兵だな」

「みたいですね」

「お前たち!!　何の用だ!?」

「ここから先はドワーフの国だ!!　余所者の人間が一体何しに来た!?」

随分と警戒しているようだ、ドワーフ兵は。槍を持って俺たちを威嚇してきた。

「落ち着いてください。いかがされたのですか？　以前よりも警戒を増しているようですが」

「最近、商人たちが盗賊に襲われているらしいんだ！　だから俺たちドワーフ族も警戒しているんだ!!」

「盗賊ですか……」

何となく俺は嫌な予感がした。クロードが、あのバハムートを解き放った後、忽然と姿を消していた。奴はまだ俺を逆恨みしているようで、いずれまた何かやらかしてくるのではないか、そういう疑念があった。

「だから余所者の人間を通すわけにはいかないんだ!!」

「そうだ!! 悪いけど帰ってくれ!!」

元々人間というだけでドワーフ国といえども簡単には通してくれないであろう。さらには今は厳戒態勢だ。尚のこと難しくなっている。

「仕方ない。ルナシス、イルミナ。お前たちを連れてきた役割を果たしてくれ」

「「はい。フィルド様」」

二人はイヤリングを外す。幻惑効果を持った魔道具だ。二人は元のとんがったエルフ耳の姿に戻る。

「そ、その耳はエルフ!?」

「はい。私たちはエルフの王女です。ドワーフ王に用があって参りました」

(用なんてあったか?)

俺はルナシスに耳打ちをする。

（ただ観光に来ましたとか、好奇心で来ました、というよりは大義名分があった方がいいでしょう）

（して、その大義名分はどうするんだ？）

（適当です。エルフ国がドワーフ国より装飾品を輸入したいと考えており、その交渉に、そんなところでしょうか？）

（まあいいけど。任せる）

（はい。任せてください）

実際問題、輸入取引となるとエルフ国に少なくない金銭負担が発生しそうではあるが。王女にはそれくらいの裁量権があるということか。

「ドワーフ王に」

「どうするだ？」

ドワーフ兵の門番二人は相談し合う。

「俺たち三下じゃどうにもならねぇ。上のものに掛け合ってみるだ」

「そうだな。エルフの王女様方、しばらく待っててください」

「はい。お待ちしております」

ルナシスは笑みを浮かべる。流石は王女だ。外交もお手の物なのだろう。美女に微笑まれると他の種族とはいえ絆されてしまう。

程なくしてドワーフ兵が戻ってくる。

「通って良いそうだ」

「やった」

「おらが案内するから、ついてきてくだせぇ」

少々なまっているのはドワーフ故だろうか。こうして俺たちはドワーフ国に入ることとなる。

「ここがドワーフの国ですか」

ドワーフの国は通常の国とは大きく異なった造りになっていた。普通の国は平野にあるものだ。稀に山岳地帯にある国もあるにはある。だがそれでも空は見えることだろう。

ドワーフの国は巨大な洞窟のようになっていた。つまり空は一切見えないのだ。その代わり、松明のような照明道具があった。光を放つ魔道具だ。

ドワーフの工芸品における文明レベルは他種族に比べ群を抜いている。そのため、本来不便なはずの洞窟暮らしでも案外快適なのだろう。

周りから攻められる心配がない分、灯りの問題さえなんとかなれば平野で暮らすよりもずっと快適なのかもしれない。

ドワーフの住民たちは洞窟の中に、土造りの家を建てている。土造りの家は本来耐久性に乏しく、住居としてあまり好ましくはないのだが。

洞窟という天然の護りと、その他にも様々な工夫が施され、安全面の問題はないのだろう。

恐らくは、である。詳しいことはドワーフに聞いてみなければわからない。俺もまだ来たばかりなのだ。

しかし目につくのは男女共にその体の小ささだ。男も女も人間の子供程度の大きさしかない。

ドワーフの男は大抵、髭を生やしているため、何とか威厳を保ててはいるが。

女性に至っては成年であろうにそこらにいる小さい女の子と区別がつきそうにない。

「ここがドワーフ王の城だ」

土造りの大きな城が存在していた。

「さあ、中に入るがいいだ」

俺たちはドワーフ兵にそう促される。どうやら彼とはここでお別れのようだ。俺たちはドワーフ王城へと入って行った。

「来たか……旅の者よ」

ドワーフ王が姿を現した。他の者たちと同様、小さい。威厳を保つためだろう。髭を生やし、尚且つ身長の半分くらいはありそうな王冠をつけている。

「ドワーフ王。お久しぶりです。ルナシスであります」

「イルミナです。お久しぶりです。ドワーフ王」

二人は礼儀正しく挨拶をする。

「おお。久しぶりよの、エルフの姫君たち。元気にしておったか？」

「はい……元気にしておりました」

「ははっ……」

イルミナは苦笑した。イルミナは元気とはとてもじゃないが言える状況ではなかったのだ。

「そなたたちが最後に来たときはまだドワーフの女子くらい小さい時だったからのぉ。もう遠い昔のように思えるのぉ」

ルナシスとイルミナは苦笑いを浮かべる。一体何年前、いや、何十年前なんだ。ということは二人の歳は一体何歳なんだ。あんまり考えたくない。

世の中には知らない方が良いことが確実に存在していた。

「それで何をしにドワーフ国に来たのだ？」

「ドワーフ製の装飾品の輸入交渉に」

「わしを甘く見るな、エルフ姫よ。エルフの姫君二人がそんな交渉事で出向くものか」

ぐっ。図星だった。やはりドワーフ王か。小さい身なりではあるがそれなりに聡(さと)い。

「んっ!?　そこの男はエルフではないようだな。人間だな」

「は、はい。フィルド様と申します」

「に、人間ではありますが我々エルフをお救いになった英雄です」

「ふむ。そうか……大方(おおかた)ハネムーン代わりにドワーフ国を観光したくなったのであろう。どうだ？　そんなところであろう？」

ハネムーンのくだり以外は殆(ほとん)ど正解だ。

「は、はい。実際のところその通りなのです。興味本位でドワーフ国を訪れてしまい申し訳ありません」

「よいよい。気にするでない。ドワーフ国とエルフ国は実に親密な関係じゃ。久しぶりにそなたらの顔を見れたこと、わしは大変喜ばしく思うぞ」

ドワーフ王は破顔(はがん)する。

やはりルナシスとイルミナを連れて来てよかった。すんなりとドワーフ国に入れたし、その上、王に面会することもできた。

「だがな。今はあまり観光案内をしている余裕はないのじゃ」

「盗賊の問題ですか？」

「知っているのか？」

「はい。先ほど門番をしていたドワーフ兵から聞きました」

「うむ。実はドワーフ国を訪れる行商人が減っているのだ。盗賊に襲われ、物品を奪われたり、中には殺されたりする事件が増えているからの。だから危険を回避して、あまりドワーフ国と貿易をせんようになってきたのじゃ」

ドワーフ王は嘆いた。

「フィルド様……」

「なんだ?」

「ドワーフ国を困らせている盗賊の問題、解決に向けて力を貸してあげられないでしょうか? 例えば、そうですね。私たちがアルテア王国まで行ってドワーフ製品を販売してあげればいいのです」

「どうしてそこまでしなければならない?」

「問題が片付けば、ドワーフ国をゆっくりと観光できるじゃないですか」

「ま、まあ。それは確かにそうだ」

「それに、ドワーフ国とエルフ国は友好的な関係にあります。友好国が困っているのを見捨てることはできません」

ルナシスとイルミナは訴える。俺は溜息を吐いた。

「わかった。その盗賊の問題、俺たちも協力しよう」

「ありがとうございます。フィルド様」

「きっとドワーフ国も喜んでくれます。ドワーフ王、よろしければ私たちがドワーフ製品を人の国、アルテア王国まで出向き、販売します」

「な、なんだと！　そなたらが余っている製品を売ってくれるというのか⁉」

ドワーフ王は驚いた。

「はい。たとえ盗賊が現れても、このフィルド様ならきっとやってくれます。フィルド様は私よりももっとお強い方です。盗賊など物ともしませぬ」

ルナシスは雄弁に語る。

「お父様。そのような余所者に力を借りると後々大きなしっぺ返しとなって返ってくる気がします」

物陰（ものかげ）から一人の少女が姿を現す。青髪をツインテールにした少女。少女に見えるがドワーフの女性だけに立派（りっぱ）な成年なのかもしれない。強い眼差（まなざ）しをしている。他を寄せつけないような雰囲気（ふんいき）。

「セリス、か」

「お初（はつ）にお目にかかります。エルフ姫のお二人、そして人間の男」

『人間の男』と、含みのある言い方ではあった。

「セリス・ウォン・ダイガルと申します。ドワーフ国の王女です」

彼女はドレスの両端を摘み、礼儀正しく挨拶をしてきた。

「皆様よろしくお願いします」

◇

「なんじゃ。どうしたセリス。申し遅れた、この者はわしの娘のセリスだ」

ドワーフ王はそう説明する。

「改めましてセリスです。皆様、よろしくお願いします」

「はい。よろしくお願いします。セリス様」

「よろしくお願いします～」

「よろしく」

俺たちはそう返した。

「それよりお父様、正気ですか？」

「正気とは」

「エルフ族、ましてや人間の手を借りれば、大きな借りとなってしまう恐れがあります」

「それは確かにそうだがの」

ドワーフ王は頭を悩ませる。

「それに我々ドワーフの問題です。我々、ドワーフで解決すべきだと思います」

「それも確かにそうじゃが……エルフ姫の好意もまた無下にすることはできぬ。それにセリスよ。今ドワーフ国は飢えておる。それは貿易により外貨を獲得できていないためだ。そしてその外貨で他国の物を仕入れられないためだ」

「確かに、それはその通りではあります」

「ドワーフの王族にはプライドが必要じゃ。だが、まずは飢えている民を救わねばならぬ。それ以上に優先することなどなかろう。たとえ食料の問題はなくとも洞窟暮らしは何かと不便じゃ。快適に暮らすためには他国から様々な品を輸入してこなければならんのじゃ」

　ドワーフ王は言葉を継ぐ。

「そのためには盗賊問題により途絶えている貿易経路を復旧させ、ドワーフ製品を販売する。そうすることで外貨を手に入れ、そして外国の品を仕入れる。それが今最も必要なことじゃ。それをやるのがドワーフかどうかなど大した問題ではないかと思わぬか」

「それは確かにそうであります。申し訳ありませんお父様――国王陛下。つまらないプライドにより差し出がましいことを言ってしまい」

「わかればよい。本来、友好国の姫を送り出すのも気が引けるが……剣聖として名高いルナシス殿たちであれば正直助かる。それに、目を見れば止めても無駄であることもわかる」

「確かに、それもその通りですね。よろしくお願いします。エルフの姫君たち。是非あなたたちの力でドワーフ国をお救いください」

セリスはそう俺たちに頼んでくる。最終的には折れてくれたようだった。メンツよりも国民を優先か。あるべき王族の姿に思えた。

しかし。なんていうかちびっこいくせに偉そうにしていて、粋がっている子供のようで些か滑稽に感じた。

その気持ちが俺の表情に微笑という形で現れたようだ。

「な、なんですか!?　あなた、今私を見て笑いましたね!?」

それをセリスは見逃さなかったようだ。よく見ている。

「い、いいえ。笑ってないです」

俺は誤魔化す。

「う、嘘です！　若干口角が吊り上がりました！　私たちドワーフが小さいと思って馬鹿にしましたね！」

「ば、馬鹿にしてないです」

な、なんだ。えらい突っかかってくる。やはり小さいってことをコンプレックスに感じているのか。

人間だろうがドワーフだろうが、コンプレックスを突かれるとだれでも怒るものなのだ。

「むーっ！　ふんっ！」

セリスは怒って顔を背けた。

「それでドワーフ王、どうやって行商をすればいいでしょうか？」

俺は質問する。

「ああ。その流れについて説明するとしよう」

こうして俺たちはドワーフ王から説明を受けることとなる。

◇

「まずは諸君らにはドワーフ国の製品を持って、王都アルテアまで行ってもらいたい」

「王都まで行くのは構いませんが、行商をするには許可証が必要でしょう」

「勿論、許可証はわしが発行する。それを持って王都まで行ってほしい」

「はい。わかりました」

「製品については後程説明しよう。それで製品を商品ギルドに卸したら金を受け取り、そのまま適当に買い付けをしてもらおうか。何よりも食料じゃな。ドワーフ国は洞窟の中にあるから食料に恵まれん」

ドワーフ王は悩ましそうに言う。

「それに食事というのはドワーフにおける最大の娯楽でもある。色々な食料を買い付けてもらうとしよう。さらには衣類など日常的に必要なもの、それから武具(ぶぐ)を作る上で必要な鉱石なんかも購入してきてもらおうか」

一体、どれほどの物を持ち歩かなければならないのか。いくら俺の筋力パラメーターが高くとも、限度というものがある。そんなに巨大なリュックサックがあるわけでもないだろう。

「ドワーフ国王。俺たちにどれほどの積み荷を持たせる気ですか？　馬車に載(の)せるつもりでしょうけど、いくら何でも容量(キャパシティ)には限度があるかと思います」

「なんじゃ。お主ら、マジックボックスを知らないのか？」

「「マジックボックス」」

「ドワーフが所有している魔道具(アーティファクト)のひとつだ。かなりの大容量がひとつの箱に入る、便利な一品。後で製品を渡す時に手渡そう」

「はぁ……」

流石のドワーフだ。人間の国にはないような魔道具(アーティファクト)を所有しているらしい。ドワーフと言えばモノづくりの名人のような印象があったが間違ってはいないようだ。

「それではよろしく頼むぞ。エルフの姫君たち、そしてフィルド殿。我がドワーフ国の危機をどうか救ってくれたまえ」

「「はい」」

「ほら、セリス。お前からも頼まないか」

「ふん」

セリスは顔を背けた。背丈が低いため、怒っている子供のように見える。

「な、なによ！　人間！　その顔はっ！」

「べ、別に……なんにも」

俺は頭を振る。

「し、しっかりやりなさいよ」

これが彼女なりの精一杯の言葉なのだろう。

「セリス！　我々の救世主になんて言葉遣いだ！」

「まあまあ、ドワーフ王。治めてください。彼女なりの精一杯の応援だったと思います」

ルナシスは微笑を浮かべる。

「う、うむ。我が娘ながら些か素直でないところがあっての。わしも気を揉んでいるのじゃよ。それではわしの部下にこれから販売するドワーフ製品とマジックボックスの取り扱いについて、説明させるとしよう」

「「はい！」」

「それでは執事よ、来てくれ」

「はっ！」

ドワーフの執事が姿を現す。背の低いおっさんが執事服を着ている。これまた多少滑稽である。笑うわけにもいかないが。

「私はドワーフ王の執事であります。ドワーフ王の手となり足となり、様々な雑事を行っております」

「はあ……」

「では、彼らを案内してくれ。手筈は聞いておるな」

「はい！　わかっております。販売するドワーフ製品及びマジックボックスの取り扱いについて説明すればいいのですね」

「そうだ！」

「それではエルフ姫のお二人、そしてフィルド殿、参りましょうか」

「「はい！」」

俺たち三人はドワーフ執事に連れられ、王城の外へと向かった。

◇

俺たちはドワーフ執事にドワーフ製品が置かれているところへと案内をされる。その場所のすぐ近くに鍛冶場があった。

キンコンカンコン。多くのドワーフが鍛冶に勤しんでいる。様々な武具や装飾品を鍛造していた。

ドワーフたちは王族を除けばこういった鍛冶職に就いている者が多いように感じる。執事とか、その他の職業も多く、兵士も少なくないだろうが、やはりドワーフと言えば物づくりの種族ということで大方間違いはないようだ。

「ここがドワーフの鍛冶場です。そして出来上がった製品を他種族の国で販売し、外貨を得ております」

ドワーフ執事は説明する。

「それで製品の在庫はどこにある?」

「そこにあります」

ドワーフ執事は俺たちの背後を指さした。

「うわっ……」

「すごい沢山ありますね」

剣などの沢山の攻撃武器、盾や鎧などの守りの装備。それから俺がしている破邪のネックレスのような装飾品だ。指輪からイヤリング、ネックレスなどなど、様々なドワーフ製の物品が山積みになっている。

「最近は行商人が少なくなり、在庫過多になっているのです」

ドワーフ執事は嘆いていた。

「けど、こんなに沢山マジックボックスに入るのですか」

「入ります。それ！　マジックボックスオープン！　目の前の在庫を全て吸収するのですっ！」

マジックボックスは瞬く間に在庫を呑み込んでいった。

「このマジックボックスは意思を持っております。中身を外に出したい場合も先ほどのように命令してください」

「便利ですね……」

ルナシスは驚いていた。

「はい。ドワーフ製の魔道具はどれも優秀です故」

「これなら私たちでも問題なく持ち運びできそうですね。フィルド様」

イルミナが嬉しそうに言ってくる。

「ああ、そうだな。これなら問題ない」

「こちらがドワーフ王の許可証です。これがあれば商人ギルドでも問題なく取り扱ってくれることでしょう」

「ありがとうございます」

「いえいえ、礼を言いたいのはこちらの方です。そしてこれがこちらが買い付けてほしいリストです。商人ギルドに物品を卸したお金でこちらの品物を買ってきてほしいのです」

「お使いみたいですね」

イルミナが感想を述べる。

「実際そうだからな……途中で盗賊に襲われるかもしれない、という危険があるだけで」

実際やることは単純である。人の国の王都アルテアまで販売に行く、そして商人ギルドに在庫を卸す。そしてその金で買い物をして帰る。それだけのことだ。

「それでは皆さん、気をつけて行ってらっしゃいませ」

「はい。行ってきます」

「馬車の手配などはしなくてよろしいでしょうか？」

「ああ、いいです。多分歩いたほうが速いんで」

「は、はぁ……そうなのですか」

ドワーフ執事は呆気にとられたような顔をしていた。あまり意味を理解できていないらしい。

『馬車より歩いたほうが速い』とはいったどういうことなのか、という感じであった。

「それじゃあ、行ってきます」

俺たちはドワーフ国を出発する。

「はい。お気をつけて行ってらっしゃいませ。エルフの姫君たち、そしてドワーフ国の救世主フィルド様」

ドワーフ執事は俺たちを見送ってくれた。

その時俺は遠くからこちらを見ている視線に気づいていた。気づいてはいたが、気づいていない振りをした。

あのドワーフのちびっこ王女様の視線だ。どうやらあの王女様、俺たちのことが信用ならないらしい。

持ち逃げでもすると思っているのか……あるいは単純に俺たちの実力を疑問視しているのだろう。

やれやれといった感じだ。

ともかく大した問題ではないので俺たちは行商人として王都アルテアを目指した」

◇【ドワーフ姫セリスＳＩＤＥ】

「ふふん……あんな人間のこと、信用できるもんかしら」

ドワーフの姫であるセリスはドワーフ兵数名を連れてフィルドたちの追跡を始めた。理由のひとつはセリスのフィルドに対する信用のなさだ。

フィルドたちは勢い余って行商人の役割を引き受けたがきっと失敗するに違いないとセリスは思っていた。

道中には盗賊が出没しているのだ。彼らはその盗賊相手に半べそかいて逃げ出そうとするだろう。

そこへ颯爽とドワーフ兵を引き連れてセリスが登場し盗賊をやっつけるのだ。

そうなれば、ドワーフ兵とセリスにあの生意気な人間は心の底から感謝するに違いない。

「ふっふっふ。完璧な計画ね」

セリスは一人悦に入っていた。きっと助けに入った時、あの生意気な人間は泣きながらセリスに飛びついてくるに違いない。

「ありがとうございます、セリス姫。あなた様は命の恩人です」

「ほっほっほっほ。当然のことをしたまでよ。これに懲りたらあてが小さいからって、馬鹿にしないことね。ほっほっほっほ。これからは一人前の大人の淑女として扱いなさい」

セリスは妄想の中で悦に入り、高笑いをしている。

「け、けど姫様。あいつらのパーティーには剣聖ルナシス様がいらっしゃいますぜ」

「だからなによ」

「ルナシス様は滅法剣の腕が立つらしいですぜ。『剣聖』って呼ばれているくらいなんですから。ルナシス様がいれば大丈夫なんじゃ」

「そんなのわからないじゃない!! いい!? 多勢に無勢って言葉があるじゃない!! 盗賊はきっと大勢で現れるわよ!! そうなったらそのルナシス様だって大苦戦するはず!! あの人間は泣きわめいて何もできなくなるわよ!!」

「そ、そうですね。確かにそれは考えられますね」

「セリス姫!!」

その時、別のドワーフ兵が大慌てで声をかけてくる。

「な、なによ」

「あいつら、もう結構行っちゃいましたぜ。このままじゃ置いてかれてしまいます」

「な!? なんですって!! 思ったより足の速い連中ねっ!! さっさと追いかけるわよ!!」

「「「はい!」」」

こうしてドワーフ兵を引き連れたセリスは、フィルドたちの後を慌てて追っていくのであった。

「ひい、ひい、ぜぇ、はぁ」

セリスはフィルドたちのあまりの移動速度の速さに息を切らしていた。

「な、なんて素早い連中かしら!」

「セリス姫、す、すこし休憩しませんかっ!」

「馬鹿言ってるんじゃないわよ! 連中に置いてかれるじゃないっ!」

「そ、それもそうですね」

「……んっ!?　連中、止まったわね」

「そうですね」

物陰から数人の男たちが現れる。どうやら盗賊のようだ。

「ひ、姫様!!　盗賊ですぜ!!　どうしましょう!!」

「ま、待ちなさい。ここは様子見よ」

「「よ、様子見」」

「あの人間の男の実力、見させてもらおうかしら。高みの見物よ。それで盗賊に泣いて命乞い(いのちご)をする頃にあてらが助けには入るのよ。そうすればあの人間、泣いて感謝するに違いないわ」

「は、はあ……そうですか」

「し、しかし。俺たちが盗賊に勝てるかどうか」

「そんな後ろ向きなことでどうするのよ!!　絶対勝つのよ!!　とにかく今は様子見するのよ!!　わかったわね!!」

「「はい！」」

こうしてセリスとドワーフ兵たちは盗賊に襲われているフィルドたちを物陰から覗き(のぞ)見ることにした。

「ふっふっふ。お手並み拝見かしら、人間」

セリスは物陰から微笑を浮かべていた。

◇

「フィルド様、お姉様――――――――！　はぁはぁ……待ってくださ――――――――い！」

「ん？」

イルミナが息を切らしている。少し置いてけぼりしていたようだ。

「はぁ、はぁ。待ってください。お二人とも足が速すぎます」

「そんなに速く歩いているつもりもないんだけどなぁ」

俺はルナシスに合わせて歩いていた。ステータスをわざわざ解析する必要性はないとは思うが、イルミナは魔導士の職業についている。

属性的には魔力が高く、攻撃力や防御力、敏捷性はいまいちだ。肉体的ステータスに関してはLVに比して、かなり劣ったステータスでしかないのであろう。

そのため、俺たちのスピードについてくるのは少々厳しいようであった。

「お、お二人の感覚が異常なだけです。まるで私の足が遅いみたいじゃないですか」

イルミナは嘆く。

「そうだな。じゃあ、少し休憩するか」

俺は遥か後方をちらりと見やる。ついてこれていないのは尾行している連中も同じだ。

連中に関しては別に置き去りしても一向に構わないのだが、イルミナに関してはそういうわけにもいかない。

「あ、ありがとうございます」

俺たちはしばらく休憩した後にまた王都アルテアに向けて歩き出す。

「へへっ。待ちなっ!!」

その道中での出来事であった。

「んっ!?」

俺たちの周りを囲むように、物陰から数人の男たちが現れる。明らかに盗賊風の男たちだ。

「有り金を残らず置いていけ」

「それからそこの女二人も置いていけよ。ん？　そっちの女の方は見たことある顔だなぁ」

「女は奴隷として高く売れるからよ。置いていくっていうなら男、てめぇの方は見逃してやってもいいぜ。くっくっく」

盗賊たちは好き放題言いたいことを言ってくる。レナードと違って、実力差が開きすぎていると力関係を正しく理解できないのかもしれない。

星までの距離は無茶苦茶遠く離れているはずだが、手を伸ばせば届くと錯覚する。そんな感じだろう。

「お前たちがここら辺の行商人を襲っていた盗賊たちか？」

「だったらなんだっていうんだ？」

「ああ。そうだぜ。俺たちがここら辺の行商人を襲っていた盗賊だ。ドワーフ製品は特に高値でさばけるからな。おいしい仕事だったぜ。くっくっく」

「そうか……やはりな」

同情の余地などない。それ以外に仕事がなかったのかもしれないが、他人を害することで利益を得ようなどという者に同情などできるはずもない。

野放しにしておくことなどできない。

「ん？　なんだ？　命乞いするのか？」

「へへっ。泣きわめいて地面に頭をこすりつけろよ。そうすれば俺たちの気持ちも変わるかもしれないぜっ。へへっ」

男たちは刃物を光らせる。

「フィルド様……ここは私が」

「俺に任せてくれ、ルナシス。どうやら俺の実力を疑問視しているお姫様がいるようだ」

「セリス姫ですか……」

「私たちが敬愛し、尽くしているフィルド様がそんなに弱いわけがないということくらい、わからないものでしょうか」

ルナシスとイルミナは嘆く。

「へへっ！　なんだっ！　ついに観念したかっ！」

「野郎ども!!　やっちまえっ！　男の方は殺したってかまわねぇ!!」

「「「おうっ！」」」

盗賊たちは血気盛んに俺に襲いかかってきた。

この程度の相手、聖剣エクスカリバーを抜くまでもない。

「な、なにっ!?　き、消えた!!　ぐわっ！」

まず一人目。昏倒させる。

「み、見えないっ！　う、動きが速すぎて!!　ぐ、ぐわっ！」

次、二人目。

「な、なんだこいつ。ぐわあああああああああああああ！」

三人目。

盗賊たちを全員昏倒させるまで、それこそ10秒も必要としなかった。盗賊たちが大地に倒れている。

「さ、流石はフィルド様です。こんな一瞬で」

「すごいっ……」

ルナシスとイルミナはそう言った。

「一人起こすか。少し事情を聞きたい。ほら、起きろ。お前」

俺は盗賊の一人を軽く蹴る。

「う、ううっ……」

その盗賊が目を覚ます。

「俺の質問に答えろ」

「ひ、ひいっ！　こ、殺さないで!!」

盗賊は泣き叫んだ。

「ちゃんと答えれば殺さない。嘘を話したら指を一本ずつ折るからな」

「は、はい！　な、なんでも答えます！」

「まず質問のひとつ目だ。誰の指示で動いている、お前たちの親玉は誰だ!?」

「そ、そいつは言えません!!」

「よし。指を一本折ろう」

「い、いやだぁ！　折らないで、い、言います。言いますからどうか寛大な措置を」

「全く。最初からそうしろよな」

俺は溜息を吐いた。

「お、俺たちの親玉はクロードって旦那（だんな）です。なんでも最近まで『栄光の光』のトップをしていたそうで。流石に落ちぶれたとはいえ、ギルドのオーナーをしていただけあって、口が上手（うま）くて頭が回るんですよ」

「な、なんだと!?」

クロード……あいつの名前がこの場で出てくるとは思ってもいなかった。俺は軽い衝撃を受けた。

クロードの奴、盗賊になっているのか。あいつ、どこまで落ちぶれれば気が済むのか。

気を取り直し、俺は尋問（じんもん）を続けることにした。

◇【ドワーフ姫セリスSIDE】

セリスはフィルドたちが盗賊に襲われているシーンを物陰に隠れて窺（うかが）っていた。

「ふん……腕前を拝見させてもらおうかしら。まあ、あての予想だと」

以下セリスの妄想。

フィルド「うわ――――やられた――――！」

盗賊1「がっはっはっはっはっは！　口ほどにもないな！」

盗賊2「へへっ。じゃあ、女をいただいちまうか」
ルナシス&イルミナ「「きゃ――――――――――――――――――!! やめて――――――――――――――――!!」」
セリス「ま、待ちなさい！」
盗賊1「な、なんだっ!?」
盗賊2「き、貴様は!? ドワーフの姫の!!」
セリス「そうよ。あてはセリス＝ウォン＝ダイガル!! ドワーフ兵よ!! 今こそあなたたちの真価を発揮しなさい!!」
ドワーフ兵たち「「「はい！ セリス姫!! うおおおおおおおおおおおおおおお!!」」」
盗賊たち「「「うわあああああああああああああああああ!!! やられたあああああああああああああああああああ!!!」」」
セリスの妄想終了。
「えへ……えへへっ。あてってかっこいい。あの人間はなんて役に立たないのかしら」
妄想に酔ってセリスは涎（よだれ）を垂（た）れ流していた。
「セリス姫！」
ドワーフ兵が声をかけてきてセリスは現実に引き戻される。

「な、なによ!?　あ、あの人間もうやられちゃったの!?」

「い、いえ。それが」

「それが？」

「盗賊たちがあの人間にあっさりやられたようです！」

「な、なんですってえええ!!　この一瞬で。あ、あの人間。フィルドといったかしら。一体何者なのかしら!?」

「わ、わかりませんが、盗賊たちは一瞬で倒されていきました」

「そ、それで、あてらドワーフの出番は!?」

「ど、どうやらないようです」

「ううう……あてのかっこいい登場を期待していたのに。しょんぼり」

セリスはしょげた。

「姫様、これからどうしますか？　闘(たたか)いにおいてあいつらの心配をする必要はなさそうですが。剣聖ルナシス様もいらっしゃいますし。妹様もそれなりに手練(てだ)れなんでしょうぜ」

「そ、それもそうだけど。ここで引き返すわけにもいかないじゃない。興味本位で尾行を続行するわよ」

「興味本位ですか……」

「そうよ。興味本位よ。洞窟に籠(こ)もっているよりよっぽど楽しいことがありそうじゃない」

「はあ……」

もはや後をつける生産的意味を感じなくなったドワーフ兵は嘆くが、それでも姫であるセリスに逆らうことはできないのであった。

こうしてセリスとドワーフ兵の尾行は継続していくのである。

「ほら！　ちゃっちゃと歩けっ！」

「ひいっ！」

マジックボックスから取り出したロープで盗賊たちを縛り、王都まで歩かせる。

「遅いぞお前ら！」

「無理言わないでくだせぇ。俺たちだって精一杯(せいいっぱい)なんすから」

「贅沢(ぜいたく)言ってるんじゃねぇ。剣の錆(さび)にされなかっただけありがたく思えよ。死ぬ気で歩け。というか走れ」

「「は、はいっ！」」

俺が命令すると盗賊たちは小走りを始める。

「全く、手間(てま)取らせやがって」

俺は溜息を吐く。しかしこの盗賊たちから貴重な情報が聞けた。裏で糸を引いているのはクロードの奴だ。あいつ、バハムートを召喚したことといい、とことんなりふり構わなくなっているな。

レベルが低く戦闘力としては無力ではあるが、それでもこうもなりふり構わないと脅威だ。いずれまた俺の目の前に現れる気がした。

やっとのことで王都アルテアが目に入ってきた。

「全く、お前らがいたせいで遅くなったんだぞ」

「「も、申し訳ありません！　殺さないでください！」」

盗賊たちは命乞いをする。

「殺しはしない。殺すんだったらあの場で殺している。まあ、その方が楽だったんだが」

予定よりもずっと時間がかかったが、俺たちは王都に到着した。

「警備兵のおじさん」

「ん？　どうかされましたか？」

俺たちは王都を巡回している警備兵に声をかける。

「ほらっ」

「「ひいっ！」」

俺は縛られた盗賊を差し出す。

「こいつらがドワーフ国との道中で行商人を襲っていた盗賊です」

「な、なんですって!!　こ、こいつらが行商人を襲っていた盗賊……被害が多発していて私たちも困っていたところなんですよ。ありがとうございます」

「いえいえ」

「是非警備署まで来てください。あなたのことを表彰させてほしい。懸賞金も多少は出ています。こいつらが疑う余地なく行商人を襲っていた盗賊だと断定できたらお渡しできると思います」

「い、いえ。予定が詰まっているんで。俺たちはこれで」

多少の懸賞金が出るにしてもすぐにではない。それに、今俺たちは別に金に困っているわけではない。時間と手間が惜しまれた。

「そ、そうですか。ご協力感謝いたします！」

「いえいえ。さあ、手ぶらになったし、商人ギルドへ行くか」

「「はい！　フィルド様！」」

俺たちは次なる目的地として商人ギルドへと向かった。相変わらずあのちびっこ王女は俺たちの後をつけてきているようだが、邪魔になるわけでもないので放置する。

　気にはなるが。

「フィルド様!!　あれが商人ギルドです」

「そうか。じゃあ、中に入るか」

　俺たちはでかい立派な建物の中に入る。そういえば以前、クロードたちに危害を受けていた商人たちを助けたことがあったたな。

　ふいに思い出した。もしかしたらここにいるかもな。――そして俺の予想通り、再会を果たすのであった。

「いらっしゃいませ！　商人ギルドへようこそ」

　俺たちは商人ギルドへと入る。前に行った冒険者ギルドとは少々様子が異なっていた。

「さあ！　これは冒険者ギルドからの出品物!!　ドラゴンの牙だ！　金貨１枚からのスタートだよ！」

「金貨１枚だ!!」

「俺は金貨２枚!!」

「3、3枚!!　3枚だ!!」

商人たちの威勢の良い声が聞こえてくる。

「フィルド様、あれは何をしているのでしょうか？」

ほとんど人間の世界のことを知らないイルミナが不思議そうに聞いてくる。

「あれは競りだ。競りをしているんだ」

「なんであんなことをしているんですか？」

「要するにお金を出す競争をしているんだ。一番高い値段をつけた人が商品を獲得できる」

「なぜそんなことを。普通に売ることができないんですか？」

「珍しい品だと価格が決められない時があるんだ。不特定多数に競争させて売った方が、利益を最大化できるし、確実に値段がついて売れる。それに、ああやってヒートアップしていって、明らかにその価値より高い値段で買うやつもいるだろ」

「ええい!!　金貨10枚!!　金貨10枚!!　どうだっ!!」

「くっ、くうっ!!」

他の商人たちは悔しそうな目でいきなり値を上げた男を見る。

「た、確かにいますね」

「ああやって高い金額をわざとつけて、他人を打ち負かすことに快感を覚える部分もあるんだよ。まあ、実際は買ったあと後悔することも多いけどな。明らかに不利な競りの場合、冷静に撤退するのも重要なことだ」

「へ、へぇ！　面白いですっ！　人間の世界ではエルフの国にはない面白い文化が色々あるのですねっ！」

イルミナは目を輝かせ、その情景を見ていた。

「エルフのことはあまり口に出すな。人間は排他的な生き物だ。他種族、特にエルフのように外見的特徴がある種族は物珍しく見られるか、迫害されるだけだ。バレると色々面倒なことになる」

「は、はい……申し訳ありません。フィルド様」

「いや。別に謝らなくても。ん？　あれは――」

「ん？　……おやっ！　君はフィルド君ではないか」

とその時、俺は見覚えのある商人と再会する。大商人ゴンザレス。以前、山岳地帯で一緒にドラゴン鍋を囲んだ商人である。

「ゴンザレスさん、どうしてここに」

「それはこちらの台詞だよ。わしは大商人だよ。仕事だよ、仕事。商品の仕入れにな」

確かにここは商人ギルドだ。大商人であるゴンザレスが出入りしていても何の不思議もない。

「それにしてもあの時は世話になったね、フィルド君」

「いえいえ。こちらこそ、色々よくして頂いてありがとうございました。ゴンザレスさん」

「おやおや。可愛(かわい)い恋人を二人も連れて、モテモテで羨(うらや)ましいよ」

ルナシスとイルミナを見やったゴンザレスはそう言ってくる。

「はは………」

俺は苦笑を浮かべる。やはり傍目(はため)にはそうとしか見えないのであろう。面倒くさいので説明はせずに受け流すが。

「それでどうして君たちがここに？　わしとしてはその方が不思議だよ？」

「実はドワーフ国から商品を卸す仕事を委託(いたく)されているんです」

「商品の委託だと!!　ドワーフ国から」

「はい。そうです」

「な、なぜフィルド君がドワーフ国から商品を委託されるのだ。ドワーフといえばエルフ程ではないが、人間と進んで関(かか)わろうという種族性ではないだろう？　限られた行商人以外とはあまり接点を持ちたがらないはずだ」

「そ、その……色々あって」

俺は言葉を濁(にご)す。

「そうか、まあ言いにくいことがあるなら言わなくてもいい。色々な事情があるのだろう。それでこれから商人ギルドにドワーフ製品を卸しに行く、ってことだろう？」

「ええ。そうです」

「わしも同行しようじゃないか。わしはかなり商人としてキャリアがある。当然ドワーフ製品も何度となく取り扱ったことがあるし、目利き(めき)ができる方だと自負しているよ。だから不当に値踏(ねぶ)みされないか、見てあげよう」

「いいんですか？」

「ああ。あの時助けてもらったお礼だよ」

「そんなつもりでしたんじゃ……。でもありがとうございます。心強いです」

　確かに俺たちは商人としてのスキルや知識を何も持ち合わせていない。ドワーフ製品の値打ちを知らない俺たちが商人ギルドに安く買いたたかれる可能性は十分にあり得る。その際に大商人ゴンザレスが助け舟を出してくれれば非常にありがたい。

「では一緒に奥に行こう。そこで商人ギルドは仕入れをしているんだよ。ギルド長もそこにいるはずだ」

　俺たちはゴンザレスに促(うなが)され、まず商人ギルド長のところへと向かう。

◇

「そういえば、フィルド君。行商人として商人ギルドに商品の卸しをするには許可証がいるのだが、君は持っているのかい？」

「は、はい。こちらに」

俺はゴンザレスにドワーフ王からもらった行商の許可証を見せた。

「ほ、ほう！　こ、これはドワーフ王からの直々の許可証!?　君はドワーフ王に直接会ったのかい!?」

ゴンザレスは驚いていた。ま、まあ。そういう反応になるよな。

「え、ええ。まあ、そういうことになります」

「ふ、深く詮索するつもりはないが。つくづく末恐ろしい男だな、フィルド君は。わしのようにキャリアのある大商人でもドワーフ王は一度たりとも面会したことがないんだよ」

「へ、へぇ。そうなんですか。それは恐れ多いです」

「ここがギルド長室だ。さっき使用人を走らせ、話は通してある」

コンコン。ノックの末に俺たちはギルド長室に入る。

「失礼します！　商人ギルド長！」

「うむ……。入るがいい。ゴンザレス殿」

やはりギルドのトップだからか、身なりの整ったダンディーな中年がいた。豪華な調度品が並び、かなり潤っているようだ。一見するとどこかの王族の私室にしか見えない。

「私が商人ギルド長のアレクだ」

そう商人ギルド長は名乗る。

「アレク殿。こちらが行商に来たフィルド殿だ。ドワーフ国からの代理でこちらを訪れたらしい」

「ふむ。フィルド殿か。許可証は持っているのかい？　商人ギルドは真っ当な組織だ。許可のない行商人からの仕入れはできない。気を悪くしないでほしいが、今行商人を襲い、物品を奪い取り、それを闇市（やみいち）で流す盗賊がいるそうだ」

アレクは現況を説明する。クロードたちのことであろう。他にも似たようなことをしている連中はいるだろうが。

「そういった連中から仕入れないために、我々は許可証のある行商人としか取引をしていないんだ？　わかるだろう？　我々とて犯罪者から商品を仕入れるわけにはいかないんだよ。勿論（もちろん）君たちを疑っているわけではない。これは公正を期するための取引のルールなんだ」

「わかっております。許可証ならここにあります」

俺は許可証を手渡す。アレクはその許可証を見てゴンザレス同様、表情を変えた。

「こ、これは!!　ドワーフ王直々の許可証!?　き、君たちは一体何者なんだ!?　ドワーフ王に実際面会したのか!?」

「は、はい。色々あって」

俺は再び言葉を濁す。

「まあいい。それで商品が見当たらないが。外の馬車にでも積んであるのかい？」

「い、いえここに」

俺はマジックボックスを取り出す。

「マジックボックス、中の商品を全て吐き出せ」

意思を持っているマジックボックスは俺が命ずると、中から大量のドワーフ製品を吐き出した。天井に届くくらいドワーフ製品が山積みになる。

「な、なんだと!! マジックボックスだと!? そんなレアアイテム見たことがないぞ!! ドワーフの中でも限られたドワーフしか所有していないと聞く。ドワーフ王なら所有しているだろうが、そんなものまで君たちは貸し与えられたのか」

アレクは驚いていた。

「こ、これまた大量に持たされたものだのぉ」

山積みになったドワーフ製品を見て、ゴンザレスも驚いていた。

「随分とドワーフ王に信用されているようですね。何があったかは知りませんが」

アレクは呆気にとられていた。

「ええ。まあ。色々あって」

俺はやはり言葉を濁す。説明するのも面倒だしいらぬ誤解を与えそうだと思った。

「盗賊による強盗事件が多発しているので、物流量が減少してしまったのでしょう。そのため、かなりドワーフ国も在庫を抱えていたのだと察することができます」

アレクは冷静にそう分析していた。

「ではこれから商人ギルドの方で鑑定士数名がかりで鑑定させてもらいますが、よろしいでしょうか？」

「はい。構いません」

「待った。念のため、わしの信頼できる鑑定士も数名加わらせてもらおうか。安値で買いたたこうとした場合、わしの方で借入れをしてでも引き取らせてもらう。ドワーフ製品の品質の高さ、希少性は世界中に知られておる。捌くのは簡単であろう」

「くっ……」

買いたたこうと策謀を巡らせていたアレクは出鼻をくじかれ、表情を曇らせる。

「わ、わかりました。それで構いません。では数時間程お時間頂いてもよろしいでしょうか」

「はい。構いません」

流石は大商人ゴンザレスだ。頼りになる。俺たちだけだったら間違いなく不当に買いたたかれていたところであろう。

「それでは暇であろうし。しばらくわしの方で商人ギルドを案内しようかの。豪華な宝石や絵画もある。きっとお嬢様たちも楽しむことができるであろう」

「本当ですか!?」

イルミナは目を輝かせる。ルナシスもちょっと興味がありそうだった。外の世界を知らないイルミナにとっては猶更(なおさら)であろう。

「ああ。楽しみにしていておくれ」

こうして俺たちはゴンザレスに商人ギルドを案内されることとなる。待ち時間のちょっとした暇つぶしだ。この点もゴンザレスと再会できて感謝しなければならない出来事であった。

「うわー。綺麗(きれい)な宝石です――――！」

感極(かんきわ)まってイルミナが声をあげる。ゴンザレスが笑みを浮かべる。まるで孫娘を見るように。

実際のところイルミナがエルフであることを知らないゴンザレスは自分より年上である可能性があるとは微塵(みじん)も考えていなかった。

ショーケースに飾られている緑色に輝く大きな宝石。エルフの国は豊かな森に囲まれ天然資源に恵まれてはいたが、それでもありとあらゆる資源が集まっているというわけではない。

国に閉じこもりきりだったイルミナにとっては特に新鮮に映った。ギルドで働き詰めであったであろうルナシスもイルミナ程ではないが興味深そうに商人ギルドの展示品を見物していた。

「ゴンザレスさん、あの大きな綺麗な石はなんですか？　あれも宝石ですか？」

イルミナは飾られている丸い石を指さした。他の宝石と違い、完全な球体になっている。意図的に削ったのでもない限り普通はそうはならない。

整っているが故に不自然になっている印象を受けた。それが普通の宝石であると考えるならば。

「いや。あれは宝石ではない。召喚石と言って、召喚獣が閉じ込められているんだ」

「しょ、召喚獣ですか……」

イルミナは表情を曇らせる。俺たちも複雑な表情になる。

「ああ。召喚獣だ。ここにある召喚石は比較的安全なものばかりだけど、中にはアンダーグラウンドで危険な召喚石を取引している商人もいるんだ。最近、王都で巨大な竜が現れて街を破壊して回ったって話を聞いているだろう?」

「え、ええ。まあ」

イルミナは苦笑いをする。まさか、イルミナがその場に居合わせていたとはゴンザレスは夢にも思わない。

「あれは禁忌指定されている危険な召喚石によるものだと言われてるんだ。幸いどこかの誰かが倒してくれたみたいだけど。まさか、フィルド君が倒したんじゃないだろうね?」

冗談っぽくゴンザレスは言ってくる。

「い、いいえ。違いますよ。俺ではないです」

面倒なのでバハムートを倒したのが俺だということは秘密にしておこう。

「はっはっは！　それはよかった。あんなものまで倒せたのならフィルド君にこの世で敵う相手はいないってことになる」

　ゴンザレスは高笑いをする。

「召喚石には色々なものがあるんですね」

「ああ。ここにあるのは運搬の役に立つ召喚獣だったり、戦力としては低い召喚獣がほとんどだよ。中には強力なやつもあるけど、それは滅多に手に入らないし、アンダーグラウンドな取引でしか得られないんだ。扱っているのは人身売買も平気であるような連中だよ」

「色々と複雑に動いているのですね。人間の世の中は」

　ぽつりとイルミナは人間であるという建前を忘れて呟く。

「がっはっはっは。何を言っているんだ、イルミナちゃん。君も人間だろうに。まさか実はエルフだとでもいうんじゃないだろうね」

「い、いえ。ち、違います！」

　イルミナは頭を振った。ゴンザレスは妙に鋭いところがある。ただ本人はただの冗談で言ったとしか思っていないようだった。

「ゴンザレスさん！　卸された商品の査定が終わったそうです」

　使用人がゴンザレスを呼びに来た。

「おっと。結構時間が経ったようだな。行くとしようか」

ゴンザレスに連れられ、俺たちは再び商人ギルド長アレクのいる部屋へと戻っていった。

「お待たせしたね。大商人ゴンザレス、及びフィルド殿。そしてお嬢様方」

俺たちはギルド長室に入る。

「それでドワーフ製品の卸値はいくらになるんですか？」

俺は聞いた。

「単刀直入に言えば、こちらは金貨１０００枚での仕入れを希望している」

商人ギルド長アレクは答える。

金貨１０００枚!!　ドワーフ製品はそれだけの価値があるのか。俺は内心驚いていた。だが、本場の商人である大商人ゴンザレスの見解は異なっていたようだ。

ゴンザレスは渋い顔で言う。

「金貨１０００枚じゃと！　アレク殿。それは些かこちらを甘く見過ぎではないかねっ！」

「な、何かご不満かね。ゴンザレス殿」

「ここに来る前に報告してもらった、うちの鑑定士たちの見立てによれば、どう軽く見積もっても金貨２０００枚の価値はあるとのことだ」

「「「金貨2000枚!!」」」

俺たちは驚き、声を上げた。

「くっ!?」

アレクは顔を歪めた。

「金貨2000枚。びた一文負けるつもりはない。出せないというのなら、そうだの、わしの方で購入しよう。なにせこれだけまとまったドワーフ製品だ。簡単に元は取れるであろう」

ゴンザレスは余裕な笑みを浮かべる。

「わ、わかりました。ゴンザレス殿。金貨2000枚で構いません。その値段で商品を買わせて頂きます」

アレクは渋々ではあるがその金額を呑んだ。

「あ、あんな一瞬の交渉で金貨1000枚も違うなんて」

「ち、知識は力なんですね。そして無知は罪です。私なんて金貨1000枚分の価値があるんだって単純に喜んでいました」

ルナシスとイルミナは驚いた表情になる。

「ありがとうございます。ゴンザレスさん」

「よかろうて。わしは君のように闘うのは強くない。だが、こういった形で世の中に貢献ができないわけでもない」

「あれだけの交渉をなさるとは。一瞬で金貨１０００枚も違うんです。流石は大商人です」

「よせ。わしを持ち上げるでない。大したことではない」

「いえ、大したことです。おかげでドワーフ国にとって大きな利益になりました。この外貨で必要なものをより多く買い付け、余った資金は蓄えることができます」

「ふむ。何があったか知らぬが、フィルド君。君はドワーフ国と深い関わりがあるようだの」

「そ……それは」

俺は口ごもる。

「言えないこともあるだろう。親しい関係だったとしてもなんでも打ち明けなければならないというわけでもない。フィルド君が話さないのも自分のためだろうし、わしのためでもあるんだろうて。深く詮索はせんよ」

「そう言ってもらえるとありがたいです」

「それじゃあ、わしが役立てることはここまでのようじゃな。それではフィルド君、お嬢様方、達者でな。また会おうぞ!!」

「はい!!　ありがとうございました!!　ゴンザレスさん!!」

俺たちは商人ギルドで残る売買の手続きを滞りなく終えた後、市場へと向かうこととなる。

◇【盗賊クロードＳＩＤＥ】

平和な日常というのは何となく人間にとっては退屈で当たり前のように感じてしまうことが多い。

それは山の麓にある一軒家でのことだった。人里離れた家に、男と女。それから一人の娘が暮らしていた。

幸せな日常であった。娘はそろそろ15歳になる頃だ。身びいきであるのは承知だが、美人な母に似て来て、娘は美人に育ってきた。

そろそろ嫁に行ってもおかしくない年齢だった。寂しくはあるが仕方がない。それが娘の幸せにもつながるし、ゆくゆくは自分たちの幸せになる。

父はそう思っていたし、母もそう思っていた。娘もそう思っていた。

この幸せで平凡な日常は何となくこのままずっと続くのだろうと、そう信じて疑わなかった。

——だが、災厄は突如、襲いかかってくるものである。

バリン。突然、ガラス戸が割られ、何者かが襲撃してくる。

「きゃあああああああああああああああああああああああ！」

娘が甲高い悲鳴をあげた。

「な、なんだ⁉」

父は慌てた。いきなりの襲撃であったため、備えができていない。侵入してきたのは男たちだ。明らかに盗賊のような恰好をした男たち。武器を持っているし、普段斧を振るって働いているからと言って、それが一体なんの役に立つかもわからなかった。

「な、なんだ⁉　お前たちはっ‼」

「うるせぇ！　死んどけっ！　おっさん‼」

「ぐほっ！」

盗賊に刃物を突き立てられ、父は膝をついた。腹から出血し、血の水たまりを作る。

「あ、あなたっ⁉　い、いやっ！　何をするんですっ⁉」

「女は縛っておけっ！　女は闇市場で奴隷として高く売れるからなっ！」

奴隷の売買は基本的に法律で禁止されている。大抵の人間の国では。だが、法律で禁止されているからといって全く存在しないということはない。

闇の市場で奴隷が売買されているのはよくあることであった。残念ながら法律で禁止されているがためにかえって、その価値を高めることがあり得る。

ドラッグなどもそうだが、高い価値がある奴隷を売買し、利益を得るために人さらいをする連中などもそう珍しい存在ではなかった。

今この場で起きていることがその証拠である。

「へへっ。上玉じゃねぇかよ。お前たち。よくやったぜっ」

黒髪の男が言った。少女の顔面を舐め回すように見て品定めをしている。男の名はクロードといい、かつてはトップギルドであった『栄光の光』のギルドオーナーだった。

と少女に言ったところで信じはしないであろう。

そんな堅気な仕事をしていたとはとても信じがたい。それほどまでにその顔は悪意で歪んでおり、生粋の盗賊だとしか思えなかった。

「うっす。お頭がお頭になってからというもの、俺たちも絶好調ですぜ。頭の回転が違いますぜ」

「流石は元トップギルドのオーナーですぜ。頭の回転が違います」

「昔のことは言わないでほしいが。確かにそうだ。よく探して調べたんだぜ。人里離れたところにある家で、襲われてもしばらく気づかれないようなそんな都合の良い物件。さらには若い娘つきだ。こいつは高く売れるぜ。母親の方もそれなりの値段で売れる。まだ若いからなっ」

クロードは舌なめずりをする。

「へへっ。奴隷として売る前に、少しばかりお楽しみといこうぜ。ヤるの久しぶりだからさっきから息子が抑えきれねぇよ」

「や、やだっ！　お、お父さん！　お母さん！　た、助けてっ！　やだっ！　やだっ！」

娘は抵抗をする。だが、盗賊にがっちりと身体を押さえられ、抗うことは困難であった。

「大人しくしてろっ！」

「へへっ。安心しな嬢ちゃん。初めてでもすぐに気持ちよくなれるからよっ。へへへっ」

盗賊が囁くように言う。

「じゃあ、そろそろ始めるかっ。ご褒美のパーティーをよ」

クロードはカチャカチャとベルトをいじり始める。人間の本性。悪意が娘に襲いかかっていく。

「やだっ。やだっ。いやだっ！」

娘は泣きわめく。

「いやああああああああああああああああああああああああああ！」

決して届くことのない虚しい悲鳴が一軒家に響き渡った。

俺たちは商人ギルドにドワーフ製品を卸し、金貨2000枚という膨大な資金を得た。

そして大商人ゴンザレスと別れた俺たちは王都アルテアで買い物に勤しむことになる。俺たちは食料品や衣類。それから鍛造に使う鉱石などドワーフ国では手に入らないものを購入していく。

「っと……こんなところか」

購入した物品は空になったマジックボックスに収納する。相当な量であるはずだが、実に便利なものであった。

ドワーフ製品の性能や利便性は素晴らしいものがある。

「後は適当に王国を散策するか」

「「はい！」」

おつかいを終えた俺たちは王都を散策することとなる。

俺たちが王都を散策していたときだった。そう、それはちょうど裏路地に通りかかった時のことだった。

男二人が会話をしていたのだ。

「知ってるか？　なんでも闇市場の話？」

「ああ。危険なもんが色々と流れてきてるんだろ？　それにやばい取引も行われてるらしいじゃねぇか」

「知ってるぜ。そのやばい取引。やばい薬でも何でも手に入るらしい。最近では奴隷売買も行われているらしくて」

「ああ。しかもその取引に最近頻出してる盗賊団も関わっているらしいんだ」

そんな会話が聞こえてきた。

「ちょっといいか。ルナシス、イルミナ」

俺は二人に声をかける。

「彼らに少し話を聞いてみたいんだ。今聞き逃せないことを話してて」

「「はい」」

「しばらく待っててくれないか。そこら辺、離れない程度に市場を見て回っていいから」

俺はそう言って、ひとり裏路地に入り、男二人に声をかけた。

「すみません、少し話を聞かせてくれませんか？」

「なんだい君は？」

「何の話を聞きたいんだい？」

「さっきの闇市場の話です」

「闇市場か。俺らだって詳しく知っているわけじゃないよ。ただやばい取引が行われているってことくらいで」

「そうそう。薬とか、後は人身売買も行われているらしいんだ。盗難にあったドワーフ製品もそこに流されているみたいで。商人ギルドは正規ルートの製品しか仕入れないんだけど、やっぱり非合法なことをやる連中は安くドワーフ製品が買えるとなると、目の色変えて買っちまうよね」

「盗難にあったドワーフ製品……それは最近活発になっている盗賊団の仕業ですか？」

「そうだろうけど、詳しくは知らないよ」

おそらくクロードたちの盗賊団だろう。先日、盗賊を締め上げた時にクロードの話が出てきた。奴らはドワーフ製品を闇市場に流しているのだ。さらには人身売買にまで手を染めている可能性がある。

誘拐(ゆうかい)しているのだろう。それだけではなく殺人など、もっと重い犯罪行為をしているのに違いない。

かつてはギルド長であったということもあり、そこまでのことはしないとは思っていたが。人間堕(お)ちる時はとことんまで堕ちるもののようだ。

「その闇市場の取引はどこで行われているのですか？」

「それは知らないよ。そんな簡単に連中が場所を教えるわけがないだろう。やばい取引をやっているんだから。場所はわからず日時も不定期で、その手の関係者だけに教えられるそうだよ」

「そうですか……それは残念ですね」

俺は頭を悩ませた。クロードの問題はいずれは解決しなければならない問題だった。奴を野放しにしておくことはできない。放っておけばきっと今後もっと大きな問題へと発展していく。そんな気がしてならなかった。

「ただひとつだけヒントになることがあるよ」

「ヒントですか？」

「ああ。ヒントだ。噂があるんだ。ここの大商人ゴンザレスさんの店に対抗するように大きくなってきたアルデヒドさんって商人のお店があるんだ。そこの商人はものすごい安売りで店を大きくしていったんだけど、そんなの普通は採算が取れないよね。だからやばいところから仕入れているんじゃないか？　って噂だ」

「やばいところから？」

「ああ。闇市場だよ。正規の仕入れじゃないから安売りしても採算が取れて繁盛してるんじゃないか、って話だ。だけど客からすれば安くていいものが手に入ればいいから関係がないだろ。まあ、実際にやばいところから仕入れをしていたらいずれきっと何かしっぺ返しを食らうんじゃないか、って俺らは思ってるけどね」

「ありがとうございます、貴重な情報を」

「いえいえ」

「少ないですけど受け取ってください」

俺は金貨を一枚ずつ男たちに渡す。

「い、いやいいよ。受け取れないよこんなに」

「いえ、それだけ貴重な情報だったんで」

「いや。悪いね。また何かあったら言ってくれ」

「はい。是非」

話を聞いた俺はルナシスとイルミナのところへ戻った。商人アルデヒド、何かありそうだった。俺は探りを入れてみることにした。

俺たちは男たちから聞いた商人アルデヒドの店に行く。

「大きい店ですね」

「ええ。とても大きいです」

ルナシスとイルミナは見上げる。何階建てかわからないほど高層の建物がそこにあった。

「どけっ！　それは俺のだっ！」

「私のよっ！」

「いいやっ！　俺のだっ！」

安売りでもしているのだろう。何人もの人が商品を巡って争奪戦をしている。店は繁盛しているようだった。沢山の人が店に詰めかけている。

真っ当な商売をしているのならいい。だが、異常なほど流行(はや)っている店というのは怪(あや)しいものだ。

それが異様な程の安売りの結果だとしたら、どうやってその商品を安く仕入れているのだろう？　ということになる。

商売である以上採算が合わなければやっていけない。続けられるはずがない。

やはり異常な程の安売りというのはどこかに無理があるはずだし。無理なく続けられるとしたら何か裏があるに違いない。

やはりこの店はどこかおかしい。そう感じた。だが一般客というものはそんなことは気にも留めない。

彼らにとっては欲しい商品が安く手に入ることが第一なのだ。店がどのように商品を仕入れたのか、そんなことはどうでもいいことなのである。

「とりあえず中に入ってみよう」

「「はい」」

俺たち三人はアルデヒドの店に入る。

◇

「すごい安いですね」

ルナシスは言う。

「そうなのですか?」

イルミナは首を傾げる。エルフの国から来たばかりの彼女には人の国の、普通の金銭感覚がまだ身についていないようだ。

「ええ。他の店の半値くらいの商品もゴロゴロあるのよ」

「へー……だからこんなに繁盛しているのですね」

俺は武具エリアへと移動する。そこにはドワーフ製品が数多く並んでいた。しかもかなり割安な値段でだ。

「やはり、安すぎる。ドワーフ製品は普通この値段では売れない」

それでも庶民からすれば手の届かない値段ではあるが、本来の価値からすると大分安い金額がつけられている。

「やはり何かありそうですか? フィルド様」

ルナシスは聞いてくる。

「ああ。多分な」

俺は店の商品の異様な安さを訝しんだ。

「いかがされましたか? お客様」

笑顔で男が接客に来る。豪華に着飾った細身の男であった。

「私は店主のアルデヒドと申します。どうされましたか? 商品に何か気がかりなことでも」

「い、いえ。随分安いなーと思って」

「ええ。お客様に喜んでいただこうと精一杯努力してどこよりもお安いお値段で提供させてもらっています」

「す、すごいですね。これだけ安い金額でちゃんと利益が出ているのか心配になっちゃいます」

俺はそれとなく探りを入れる。

「はい。それはもう、努力に努力を重ね、薄利多売（はくりたばい）で何とか店を切り盛りしているのでありますよ」

「へー。それはすごいですね。薄利多売ですか」

何となく嘘臭く思えた。アルデヒドはかなり着飾っている。何とか利益を出しているような感じはしない。かなり潤っている気がした。

何かがおかしい。

「それではお客様。ゆっくりとお買い物をお楽しみください。何かありましたら是非私か従業員にお声がけください」

アルデヒドは俺たちのもとを去っていく。程なくして俺たちは店を出た。

◇

「フィルド様……いかがだったでしょうか？」

ルナシスが聞いてくる。

「やはり怪しいな。薄利多売と言っているけど、あの豪華な恰好。それなりに利益率が高くなければあんななりはしないはずだ。一番あり得るのは盗品の買い付けだ」

「盗品の買い付けですか？」

「ああ。闇市場で盗品を買い付ける。盗品は売る盗賊もやばいことを知っているから捨て値でも売りたい。それに何か原価が発生しているわけではないから、それなりの値段で構わないんだ。そんな闇市場でアルデヒドは商品を安く買い付けている。それが品物を安く販売できている理由だ」

「そうなのですか。やはりあの店は……」

「ただこれは推測だ。もっと確固たる情報が欲しい。しばらくアルデヒドの周辺を探ろう」

「「はい！」」

俺たちはアルデヒドに対する聞き込み調査を行うことにした。

俺たちは王都アルテアで商人アルデヒドの聞き込み調査を始めた。

「アルデヒドさんかい？」

俺は近くの住民に話を伺った。

「はい。普段アルデヒドさんがいつ、何時頃仕入れに向かうのかを知りたいんです」

「アルデヒドさんだったら……そうだなぁ。確か毎週月曜日だったかなぁ」

男は思い出している様子だ。

「月曜日の何時頃ですか？」

「あれはそうだな。早朝のことだったよ。随分急いでいる様子だったね。まるで誰かに見られるのを恐れているようだ。朝ふと目が覚めて、窓のカーテンを開けてみるとそこにアルデヒドさんの姿があったんだ。馬車を駆って出かけて行ったよ」

「その日に限らず、いつも大体、月曜日の早朝に出かけているようですか？」

「うん……そうだね」

「ありがとうございます！」

こうして俺はアルデヒドの行動パターンを知った。

◇

俺たちは酒場で会議を始める。

「まずアルデヒドの行動パターンだ。アルデヒドは月曜日の早朝に仕入れに向かっている。恐らくは闇市場で仕入れをしているのだと思う」

「やはりアルデヒドさんは闇市場で仕入れをしているのですか？」

「断定はできない。だけど、恐らくそこで商品を安値で仕入れているんだ。そしてそれは盗賊と繋がっている。クロードとも繋がっていることだろう」

捕まえた盗賊たちを締め上げても肝心のクロードに関する情報はほとんど得られなかった。

奴はレベルが下がったとはいえ、かつては大手ギルドのオーナーだった男だ。

その知略だけは侮れなかった。奴は末端の盗賊をいつでも切れるように、居所など肝心なことは何一つ教えずに、巧みに操っているのだ。たぶんクロードは表立っては動かず、中間の指示役の盗賊を設けている。そしてその中間の盗賊が末端の盗賊に指示している。

だから末端の盗賊を締め上げてもまともな情報は出てこない。そんなところであろう。

つまりクロードまでたどり着くにはもっと核心に近い情報が必要だったのだ。

その情報は闇市場にある。俺はそう確信していた。

「ちょうど明日が月曜日だ。そしてこれまでの行動パターンからするとアルデヒドは商品を仕入れに行く。恐らくその場所が闇市場だ。俺たちは気づかれないように尾行をする」

「「はい！」」

「そういうわけだ……なので今日は休んで、明日も尾行をするぞ」

「「はい！」」

俺たちは食事をしながら会議をしていた。そんな時だった。幾人かのドワーフたちが酒場でてんやわんやの大騒ぎを始めた。

「あそれ！　一気!!　一気!!」

「ぷはああああああああああああああああああああっ！」

「セリス姫っ!!　見事な飲みっぷりですぞっ！」

「あてを舐めるんじゃないわよ!!　身体は小さくても歳は立派なレディなんだから!!　ひっく!!」

「わしらも負けておれませんぞ。うおおおおおおおおおおおおおおおおおおおおおおおおお!!　一気飲みですぞおおおおおおおおおおおおおおおおおおおおおお！」

「お、お客様、飲み過ぎでは。それに他のお客様の迷惑に」

「うるさいかしら!?　でもあてたちは客なのよ!!　客!!　ひっく!!」

ドワーフたちがうるさかった。俺は頭を抱える。尾行ならせめてバレないようにしてくれ。頭が痛くなる。

「フィルド様、あれはいったい」

「セリス姫とドワーフ兵ですよね」

ルナシスもイルミナも顔を顰めた。

「放っておけ……邪魔になりそうなら何とか追跡をまくか、国に帰ってもらおう」

俺はセリスの行動に頭を抱えつつ、明日の尾行に備えた。

◇【盗賊クロードＳＩＤＥ】

「へへっ……お頭。昨夜はお楽しみでしたね」

そう子分となっている盗賊は言った。子分といっても末端の盗賊のまとめ役ではあるので盗賊内の地位としては中間程度だ。

クロード率いる盗賊団は母と娘を両手を縛った上で猿轡をして馬車に連れ込んだ。

多岐にわたる凌辱行為を受けた母と娘はもはや死体のようにぐったりしており、生気がない。もはや呻き声すら出していなかった。

「へっ。俺だけじゃねぇだろ。お前たちも久しぶりの女だったもんで随分とハッスルしやがって」

クロードは軽薄な笑みを浮かべる。やったことに対する罪悪感は微塵も感じていない様子だった。もはやまともな倫理観を完全に失ってしまっている。

奴隷とする女は妊娠している場合、価値が大幅に下がるのが通例だ。そのため、妊娠しないように避妊具はつけていた。

だが、それはあくまでも人さらいをする側の都合である。そんなこと関係なく凌辱行為を受ける女性にとっては痛ましい出来事であった。

そしてその後の境遇は尚のことであった。奴隷として売られる彼女たちの未来に一片の光も差し込んではこない。

国によっては奴隷制度が今なお存在している国もある。ゆくゆくは、そういう国に彼女たちは連れていかれるようだ。

クロードたちは廃墟となっている教会で奴隷商と密会することになっている。

「おらっ！　降りろ！」

「んっ、んんっ!!」

「んんんっ!!　んんっ!!」

自分で歩かせるため、両足の拘束のみ解かれた母と娘であった。二人は廃墟へと連れ込まれる。

「いやいや。どうもどうも。クロードさん、お世話になっております」

そこには闇商人の男がいた。サングラスをかけた恰幅の良い男だ。人身売買のみならず、盗品の買い付けでもなんでもして、それを闇市場で売りつける、アンダーグラウンドのブローカーである。

「今日はドワーフ製品の売り付けじゃねぇ。こいつらを買ってほしいんだ」

「これはこれは。人身売買ですか。うーんそうですねー。若い娘の方が価値があります。母親の方を金貨50枚、娘の方を金貨１００枚でいかがでしょうか？」

「ああ。それでかまわねぇよ。ほらっ！　行けっ！」

「んんっ!!」「んんんっ!!」

　クロードは二人の背中を蹴とばす。ドサッ。二人が地面に転がった。

「それでクロードさん。今日はそれとは別に商談があるんですが」

「商談？」

「力が欲しくはありませんか？」

「力？」

「はい。力ですよ。力。お話を聞くに、どういうわけかあなた様は力を失ったようですね。以前のあなた様はトップギルドであった『栄光の光』でギルドオーナーとして活躍されておられたとか。そのギルドオーナーとしての手腕は元より、魔法剣士としての腕も相当なものであったと聞いておりますよ。クックックック」

　闇商人は笑った。

「よせよ。昔の話だ」

「ええ。ですから昔のように力を手にしたくはないかと言っているのです。あなた様には誰か恨みを持った男がいるはずだ」

闇商人はクロードの心を見透かしているようだ。流石はキャリアが相当にあると見られる闇商人だけに、人の心情を見抜くことに非常に長けている。

「どうしてそれを？」

「顔を見ていればわかりますよ。きっと『栄光の光』時代になにか因縁めいた関係性が生まれたのでしょう。クックック」

闇商人は笑う。そして懐から何かを取り出した。黒い石だった。

「なんだそれは？」

「これは魔石です」

「魔石？」

「ええ。これを使えばあなたはかつて以上の力を得ることができるでしょう。それはもう素晴らしい力を」

「……素晴らしい力？」

「はい。ただこれを使用した時はそれ相応の代償を支払うことになりますがね。いわば悪魔と契約するようなものですよ。クックック」

「悪魔との契約か……ロクな代物じゃねぇな。一体いくらなんだ？」

「金貨150枚。この母親と娘と交換で構いません。特別価格ですよ。クックック」

「てめぇ！　何言ってるんだ!!　俺たちの食い扶持を！」

「よせ」

　クロードは制する。クロードたちは盗賊という不安定な身分だ。収入にはムラがある。しかし盗賊事業はそれなりに順調であった。用意周到に末端の盗賊に襲わせ、足が付かない戦略が功を奏している。

　盗品の販売も順調だ。元手はゼロなのでそれなりに安値で売っても丸々利益になる。盗まれた側はただただ災難であるが。

　だから今回金貨150枚を得られなかったとしてもやっていけないということはなかった。それなりの余裕は存在している。

「その魔石っていうのは本物なんだろうな？」

「はい。それはもう保証します。闇とはいえ私も商人。顧客の信頼を裏切るような真似はしません」

「いいだろう。買うぜ、その魔石。その親子と引き換えだ」

「ありがとうございます。毎度どうも」

　闇商人に魔石を渡される。黒く不思議な力を宿した魔石であった。

「それはお守りにされるとよろしいでしょう。ですが私の勘ですが、クロード様。あなた様にはいずれその魔石を使う時がくる。そんな気がしてなりません。クックックックック」

闇商人は笑った。

「こいつを使う時か」

あるとすれば……フィルドの顔がその時、クロードの脳裏に浮かんできた。

憎きフィルドに一撃を食らわせてやれるなら悪魔に魂を売ってもいいかもしれない。

とりあえずはクロードはその魔石をポケットに入れた。

「ともかくこれで商談は終わりだ」

「ええ。クロード様、またごひいきに」

こうしてクロードたちは闇商人との取引を終えた。

◇

月曜日の早朝のことであった。商人アルデヒドは聞き込み調査通りの行動パターンで馬車を走らせる。毎回、この時間から仕入れに向かっているようだった。

「よし。行くぞ!」

「「はい!」」

俺たちは彼の尾行を開始する。何時間もかけて、アルデヒドはある廃墟のような街にたどり着く。

明らかに怪しかった。やはりまともな仕入れ先ではない。こんな廃墟のようなところで行われている取引など明らかに闇の取引だ。

もうこの時点で十中八九、黒のようなものであった。

アルデヒドはある朽ちた建物の前で止まった。それはどうやら巨大な廃工場のようであった。中に入っていく。

俺たちは建物の隙間(すきま)から内部の様子を窺(うかが)った。その中では通常の市場では考えられないような取引が行われていた。

「こ、これは——んんっ!?」

「黙っていろ。イルミナ。気づかれるだろ」

俺はイルミナの口を塞(ふさ)いだ。それはとても同じ人間がしているとは思いたくもない取引であった。

そこでは競りが行われていた。

「金貨50枚!!　金貨50枚からのスタートだよ!!」

「き、金貨100枚だ!!」

「こっちは金貨150枚!!」

「ええい!!　金貨200枚だっ!!　これでどうだっ!!」

商人たちが競りをしていた。商人が競りをするそのこと自体は何ら問題ない。問題なのは競りの対象となる商品だった。

商品として吊るしあげられているのは若い女性だった。商品は彼女自身なのである。

「ど、どういうことですか。フィルド様。彼らは一体何を」

ルナシスも面食らっているようだった。

「奴隷取引だ。競りをしているのは奴隷商だろう」

「奴隷取引って……彼らも彼女たちも同じ人間ですよね。つまりは同じ種族なんですよね?」

ルナシスは驚いた表情で、いや、信じたくないような顔で俺に聞いてくる。

「ああ……」

「それなのに同じ人間を物のようにやり取りをしているのですか?」

「そうなるな。残念ながら人間の中には同じ人間を物のように考え、扱う人種が確実に存在するんだ」

「彼女たちはどうなるんですか?」

「奴隷制度を採用している国は今でも存在する。そういった考えが公の制度となっている国だ。そこへ売られていって、奴隷として使役されることになるだろう。一生自由のない生活だ。中には恵まれた立場の奴隷もいるだろうが。しかし、大抵の者が不幸な生活をしていくこととなる」

「そんな……」

ルナシスは絶句する。エルフからすれば考えられないのだろう。エルフは個体数が少ない。個体数が少ない分、お互いを大切にして生きていくのかもしれない。エルフにとって仲間は貴重な存在なのだ。

だが人間はそうではない。人間はエルフとは異なり、繁殖能力が高い。放っておいてもそれなりの数が生まれる。数が多くなればお互いの関係性は希薄になる。

何をしても心が痛まなくなることもあるかもしれない。ましてや人間の中には他人を物のように扱う人種が存在している。

今まさに目の前にいるような者たちだ。自分たちの利益のためならば他人を物のように扱うことを厭わない連中。ここまで露骨に物のように扱う奴は少なくても、例えばギルド長がギルド員を悪条件で長時間働かせるといったようなことはいくらでもあるだろう。

かつての俺がそうだった。俺もまたクロードたちに物のように扱われていた。

凄惨な状況ではあるが、俺は闇市場の様子をつぶさに観察する。奴隷取引だけではなく、その他の取引も行われていた。恐らく盗品であろう。ドワーフ製品も見られたし、人間界の製品もあった。それから多いのがドラッグ、麻薬などの薬だ。

ドラッグは闇社会の中でも需要の高い商品だ。安価で仕入れて多くの利益を貪ることができる。ブラックギルドの資金源になっていることも多い。

そこまでしている連中はもはやギルドとすらいえず、マフィアか何かとしか思えないが。

「な、なんて酷いことを……」

イルミナがこの状況を嘆き、後ずさる。

ガシャン。

その時であった。イルミナが近くにあった空き瓶を倒してしまったのだ。

「誰だ！」

「貴様たち!!　何をやっている!!」

突如、俺たちの周りを数人の男たちが囲み始める。

「まずいな……バレたか」

「も、申し訳ありません、フィルド様」

イルミナが謝ってくる。

「……謝るのは後だ。今はこいつらを何とかするのが先だ」

俺たちは身構える。複数人の黒服の男たち。恐らくは闇商人を守っている武力集団だろう。

男たちは懐から拳銃を取り出した。

拳銃。あまりなじみのない武器だが、魔法などよりも攻撃速度が速く、そして何より誰でも取り扱いができる武器だ。

魔法文明のある国家ではあまり発達しなかったが、それでも少数ながら主流の武器として扱っている国もある。その武器が巡り巡って彼らのところに流れてきているのであろう。

男たちは引き金を引こうとした。

遅い。

「ぐ、ぐわっ！」

俺は引き金を引くよりも早く拳銃を蹴り落とす。単純な話、速度の次元が異なっているのだ。

ルナシスは剣を取り、その銃を斬り落とす。

「エアブラスト！」

「ぐ、ぐわああああっ！」

イルミナは風魔法で男を吹き飛ばした。

流石にただの護衛相手では戦闘力に差がありすぎたようだ。

――と、その時だった。

「く、やめろっ！　は、放せっ！　放すのだっ！」

「ひ、姫様ぁ！　セリス姫ぇ！」

セリスとドワーフ兵数名が男たちに捕らえられていた。

「な、なんだこの小さい子供たちは。男は子供のくせに一丁前に髭が生えてるぜ」

「知ってるぜ。こいつらはドワーフだ。なんで洞窟の中で生活しているドワーフが人里に出てきたのかは知らねぇけどよ」

「フィ、フィルド様!! あ、あてを助けてっ! 嬲（なぶ）りものにされちゃう! 殺されちゃう!」

「あ、あのお転婆（てんば）姫……」

俺は頭を抱えた。俺たちを尾行するだけならまだしも、人質になるとは。

「な、なんだ、こいつらお前たちの知り合いなのか? ちょうどいい。こいつらの命が惜しかったらいうことを聞いてもらおうか」

男は拳銃をセリスの頭に突き立てる。

「くっ……」

セリスの奴、足を引っ張りやがって。俺たちはセリス及びドワーフ兵を人質にとられたことで身動きがとれなくなった。

◇

「あ、あて、まだ死にたくない! 助けてフィルド!! フィルド様ぁ!!」

セリスは泣き面（つら）になっている。流石にあのお転婆なセリスでもまだ死にたくはないようだ。

まあ、誰でも死にたくはないかもしれないが。

「……セリス姫。なんでここに?」

イルミナは首を傾げる。

「大方俺たちの実力に疑問を持ったセリスが成り行きを心配して後をつけてきたんだろう。半分は野次馬(やじうま)の好奇心みたいなところもあっただろうが。まあ、それで敵に捕まっていたら本末転倒だよな」

俺は溜息を吐いた。

「こいつら、貴様たちの仲間なんだろ!!　こいつの命が惜しければ言うことを聞け！」

そう言って黒服の男は拳銃をセリスの頭に近づける。

「い、いや――――――!!!　あてまだ死にたくない――――――!!!　まだ好きな人ともキッスもしてないし――――――やりたいことまだいっぱいあるの――――――!!!　あっちの方の経験だってないの――――――!!!　それなのにまだ死にたくない――――――!!!　いやだ――――――!!!　うえぇぇぇぇぇぇぇぇぇぇ――――――んんん!!!」

セリスは癇癪(かんしゃく)を起こした子供のように、泣きわめいた。

「セリス様……あっちの経験ないんですか？」

イルミナは顔を赤くして呟いた。

こいつ……死の恐怖のあまり混乱して、もはや聞いていていいことと聞かなくていいことの区別すらついていない様子だ。

「イルミナ、今はそのことはどうでもいい」

俺は男たちに向き直る。

「どうだ!? 手も足も出ないだろ!! 仲間の命が惜しければ言う通りにしろ!!」

男は勝ち誇る。

「好きにしろ」

「な、なんだと!?」

「別に俺たちは仲間でもなんでもない。そいつとは知り合いかもしれないが、かといってわざわざ助ける程の義理もない。勝手に俺たちの後をつけてきただけだ」

「そんなっ!」

「びえええええええええええええええん!! フィルド様――――――!!! あんまりではないですか――――――!!! 確かに後をつけてきたのはあてが悪かったですけど――――――!!! だからってそんな見捨てるなんて――――――!!! そんな、そんな――――――!!! あまりに殺生ですぅ――――――!!! びええええええええええええええええええええん!!!」

セリスはまた大泣きし始めた。

「う、うわっ、こいつ!!!　う、うるさいぞこの泣き声!!!」

男はそのあまりの泣き声の大きさに怯んだ。

「今だ!!!」

俺は一瞬で距離を詰め、男の拳銃を蹴り落とす。

「ぐわっ！」

「寝てろ」

「ごほっ！」

そして鳩尾に拳を入れ、男を昏倒させた。

「ふう……何とかなったか」

「だ、大丈夫でしたか。セリス姫」

「あ、あて、助かったの？　もう大丈夫!?」

「ええ。大丈夫ですよ。怖かったですよね。もう安心してください」

ルナシスとイルミナになだめられ、セリスは気を取り直す。

「こほん!!!」

そしてわざとらしく咳払いをした。俺を見やる。

「ま、まあ。た、助けてくれたことに対しては感謝してあげるわ」

「どんなに強がってもさっきの醜態は払拭できないぞ」

俺は告げてやる。

「う、うるさあああいい!!! 忘れなさ――――――――いい!」

セリスは顔を真っ赤にして叫ぶ。

「それより今すぐ闇取引を中止させるんだ。そして盗品の出どころを聞き出すんだ」

「「はい!!」」

俺たちは闇取引が行われているところへと向かう。

「大人しくしろ!! 今すぐ闇取引をやめるんだっ!!」

俺は声を上げた。

「な、なんだお前らは!!」

「警備の者はどうしたっ!!」

闇商人たちは狼狽(うろた)える。中には慌てて逃げ出そうとする者も出てくる。

「イルミナ、魔法で動けなくしてくれ」

「はい! フィルド様、わかりました!!」

イルミナは魔法を発動させる。

「スタン!!」

イルミナは電流を闇商人たちに流す。電気ショックのような魔法だ。死にはしないが、身体(からだ)が麻痺(まひ)して動けなくなることだろう。

「「うぎゃああああああああああああああああああ!」」

闇商人たちは電気ショックを食らい、動けなくなる。

「誰がこの闇取引の元締めだ?」

「あ、あっちです。あっちの黒いサングラスの男」

「……サングラスの男?」

目を向けると、麻痺して身動きできないでいる恰幅のいい男がいた。

「あんたが元締めか?」

「ち、違います。わ、私はたまたま居合わせてただけで」

「本当か? ……まあいい。イルミナ。魅了(チャーム)の魔法をかけろ」

「は、はい。魅了(チャーム)」

イルミナは魅了(チャーム)の魔法をかけた。サングラスの男はイルミナに魅了(チャーム)の魔法により骨抜きにされる。

もはやイルミナの言葉に逆らうことはできない。

「おじさん。おじさんがこの闇取引の元締めなのですか?」

「は、はい!!　そうで――――――――――――――す!!!」

麻痺しているにも拘わらず、元気いっぱいに答えた。

「やはり嘘だったか」

「フィルド様。他に聞きたいことはありますか?」

「次に盗品の出どころだ。盗賊団、特にクロードに対する情報を聞き出してくれ」

「おじさん。盗賊団について何か知っていますか?　特にクロードって名の人に関して知っていることがあれば教えてほしいんです」

「クロードなら、この前、北にある教会の廃墟で取引をしました。彼から奴隷となる予定の女二人を仕入れました!」

「北の……廃墟となっている教会か」

俺は呟く。

「フィルド様、他に聞きたいことは?」

「それじゃあ、そのクロードたちが今どこにいるのかを聞いてくれ」

「おじさん、そのクロードって人はどこにいるか知っていますか?」

「それは知りませ――――――――――――ん!」

元気いっぱいに答える。

「本当に知らないようだな。まあいい。これで聞きたいことは全部聞いた。魅了を解いてくれて構わない」

「はい！」

パン。イルミナが手を叩くと魅了が解ける。スタンは未だ効果が持続しているようで身動きが取れないのは変わらないようだ。

「はっ!!　お、俺は何を」

「魔晶石で警備兵に連絡しておく。大人しくお縄にされるまで待っていろ」

俺は通話ができるマジックアイテムを取り出す。

「ま、待てっ!!　い、嫌だっ!!　捕まるのは!!!」

「大人しくしていろ。イルミナ、途中でスタンの効果が切れないよう、再度スタンをかけなおしてくれ」

「はい。フィルド様!!!　スタン!!!」

「「うぎゃああああああああああああああああああああ!!!」」

スタンを重ねがけされた闇商人たちはまた悲鳴をあげた。

「ルナシス、イルミナ、それからセリス姫。拘束されている女性たちを解放してやってくれ」

当然、俺も手伝うが。

「「はい!!」」

「うるさい!!!　偉そうに命令しないでほしいのよ!!!」

セリスだけは俺に反抗的な態度を取ってきた。

「はい。質問です。先ほど悪党に捕まっていたセリス姫を助けた恩人は誰でしょうか？」

俺はセリスに意地悪な質問をする。

「ううっ!!! わ、わかったわよ!!! 他のドワーフ兵にも手伝わせるわよ!!!」

借りができたセリスは大人しく俺たちに協力する。

「大丈夫ですか？ もう安心ですからね」

俺は拘束されている少女を助ける。猿轡と縄を解く。

「うわあああああああああああああああああああああんん!!!」

解き放った瞬間、少女が俺の胸に飛び込んできた。

「むっ!!!」

ルナシスが一瞬、不機嫌な表情になる。

「勘違い（かんちが）いするなルナシス。変なことをしているわけじゃない。今の状況なら仕方ないだろ」

「わ、わかってます」

ルナシスはそう言って他の少女の救出に当たる。

「よしよし……もう安心ですからね」

俺は今も泣きじゃくっている少女の頭を撫（な）でる。相当怖かったのだろう。そしてこの後、少女からクロードたち盗賊団に関するより核心的な情報を得ることとなる。

「じゃあ、ここで大人しくしていてください。しばらくしたら警備兵が来ると思います」

闇商人たちは再度スタンをかけた後、念のためロープで縛っておいた。これで身動きひとつとれないだろう。排便の心配はあるが、そこまで同情する余地のある人間などいない。

◇

「ま、待ってください!!」

一人の少女が俺を呼び止める。

「ん？　どうかしましたか？」

「クロードって名前、聞き覚えがあるんです」

「な、なんだって!?　よろしければ詳しく教えてくれませんか？」

「は、はい。それはその……」

少女は口ごもる。

「言いづらいことなら言わなくてもいいんです。何か知っていることがあったら是非教えてほしいんです。俺たちは奴らを……盗賊団の行方(ゆくえ)を追っているんです」

「その人の居所を知っています」

「ど、どこにいるんですか？　教えてもらえませんか？」

「その人は仲間と一緒に来て、それでお父さんを……それでお母さんと私を、ううっ、うあああああああああああああああああああああああああああっ！　うああああああああああああああああああああああああああああああああっ!!!」

俺は彼女を優しく抱いた。彼女の涙で詳しく語らずとも何が起きたのか、理解できた。彼女をなだめつつ、俺の中に焔のような感情が芽生えてきたことに気づく。

クロードの奴。気に食わない奴だとは前々から思っていたが、ここまでの鬼畜だとは思っていなかった。人間堕ちる時はどこまでも堕ちるんだな。

もはやあいつを人間だと思わない方がいい。あいつは鬼だし、畜生だ。まさしく鬼畜だ。完全な鬼畜に成り下がった。

「思い出したくない気持ちは十分お察しします。ですがそいつの居所は俺たちにとって貴重な情報なんです。泣いて気持ちが落ち着いたらその場所を教えてくれませんか」

「は、はい!!　お父さんと私たちの仇を取ってください。それでこれ以上の犠牲者を出させないで。お願いです」

彼女はひとしきり涙を流した後、その家の場所を克明に教えてくれた。

恐らくはそこにクロードがいるのであろう。

俺たちは警備兵がやってくると事情を説明し、とりあえずドワーフ国へと旅立った。

「一旦ドワーフの国に帰る。クロードと盗賊団も気がかりだが、それよりもまず」

「う、うわっ!!　なによっ!!　なにするのよっ!!」

　俺はセリスの襟首を持ち上げ、吊るし上げる。ちょうど持ちやすい大きさだった。

「このお転婆姫をドワーフ国にお返ししないとな。マジックボックスと金貨も渡さなきゃいけないしな」

「は、放しなさい!!　い、いやだっ!!　あ、あては物じゃないのよ」

「はいはい」

　どすん。俺はセリス姫を落とす。

「い、痛い！　お、お尻ぶった!!」

「いいから帰るぞ」

「「はい！」」

　こうして俺たちは一旦ドワーフの国へ帰ることとなる。

◇

「ドワーフ王、人間の都、王都アルテアまで行って参りました」

　俺たちはドワーフ王の目の前でかしずく。

「うむ……ところで」

ドワーフ王は娘であるセリスを見やる。

「なぜ、我が娘であるセリスがお主らと一緒に帰ってくるのだ？」

「ぎくっ!!! お、お父様!!! それは!!!」

「セリスよ。貴様はドワーフ兵を連れて軍事訓練をしてくるとわしに言っていたではないか？あの言葉は嘘だったのか!!!」

「う、嘘ではありません!!! お父様!!!」

セリスは声を大にして否定する。流石にお転婆姫のセリスでも実の父親、国王のドワーフ王は怖いようであった。

まるで家出娘が咎(とが)められているかのようであった。完全に自業自得(じごうじとく)ではあるが、いささか可哀想(かわいそう)ではある。

ここは助け舟を出してやるか。

「はい。嘘ではありません。セリス姫とはさっきドワーフ国に帰ってくる途中、偶然一緒になったのです」

無論、嘘だ。セリスがつけてきたのは俺たちの実力を侮っていたことがひとつ、そしてもうひとつがただの好奇心からだ。好奇心は猫をも殺す。あまり行き過ぎた好奇心故(ゆえ)にセリスは死にかけた。間一髪(かんいっぱつ)で俺が助けこそしたが。

「そ、そうです!! お父様!! 私は偶然フィルド様と帰り道で一緒になったのです!! そう偶然!!　それだけのことです!!」

「そうか……ならよいのだ」

ドワーフ王は納得してくれたようだ。

「ほっ……」

セリスは安堵の溜息をつく。まったくこのお転婆姫は。俺に一体、何度借りを作ればいいのか。

「それではドワーフ王。本題に戻ります。こちらが残金の金貨です」

「うむ」

俺は金貨を渡す、ドワーフ執事に。

「そしてこれがマジックボックスであります。必要なものは市場で買い付けています」

「そうか……ありがとう。ご苦労であった、フィルド殿。何か礼をしなければならないな。何がいい？　そうだ!!　わしの娘のセリスでも嫁にやるかっ!?　がっはっはっはっはっはっは!!」

「「「なっ!!!」」」

およそ三名がその言葉に少なくない動揺を見せた。

「な、なに言ってるのよ!!　パパ!!　フィルド様はあての命の恩人だけど、いくら何でもいきなりそういう話は!!!　そういうのは順を追ってお互いにもっと親しくなって、それで正式に決めていくことだと思うの……」

セリスは顔を赤くしてもじもじしていた。なんだ？　……俺に命を救われて、おかしくなったのか。さっきから態度がヘンだ。

「フィルド様、随分とおモテになられるのですね」

イルミナが呟いてくる。

「か、勘弁(かんべん)してくれよ。俺に幼女趣味はないんだ」

「あ、あては幼女じゃない!!!　小さくない!!!　立派な淑女(レディ)!!!」

セリスは顔を真っ赤にしてそう主張する。

「冗談だぞ。勿論(もちろん)、冗談だ」

ドワーフ王はバツの悪い顔をした。

「ドワーフ王。褒美でしたら頂きたいものがあるのです」

俺はドワーフ王に陳情(ちんじょう)する。

「うむ。なんだ？　フィルド殿」

「ドワーフ兵を幾人か貸してほしいのです」

「う、うむ。ドワーフ兵を。それは良いが、理由を聞かせてはくれぬか？　理由もなくドワーフ兵を貸すことはできぬぞ」

「はい。ここら辺一帯を荒らしまわっている盗賊団がいます。行商人からドワーフ製品を奪い、殺人や人さらいをする卑劣(ひれつ)な連中です。その頭領となっている人物が俺の知り合いなのです」

「なんだと!?　盗賊のリーダーと知り合いなのか?」

「はい。恐らくは。そいつとは因縁があるのです。そいつの悪行をこれ以上見逃すわけにもいかない。そして、盗賊行為をしている連中を一人たりとも逃したくはない。囲い込むためにもドワーフ兵が必要なのです」

「う、うむ。わかった。よかろう、貸そうではないか。ドワーフ兵を」

「ありがとうございます。感謝します」

「いや、こちらとしても願ったり叶ったりだ。盗賊団の暴挙は我々ドワーフも手を焼いていたところだ。そのせいで行商人の行き来が減ってドワーフ製品の在庫が増えるなど、何かと損失を被っていたのだ。だから盗賊の問題が解決されるのであれば、我々としてもありがたいことなのだよ」

「そうでしたら利害が一致し、なおのことよいかと思います。ドワーフ兵をお借りし、必ずや盗賊団を壊滅させます」

「うむ。頼んだぞ。フィルド殿。諸君らの健闘を祈る」

「はっ!」

　こうして俺たちはドワーフ兵を引き連れ、被害に遭った少女の家へと向かう。そこを盗賊団が根城としている可能性が高かったのだ。

◇

「さあ!!　張り切っていくわよ!!　ドワーフ兵団!!」

「「「イエッサ————!!!　セリス姫!!!」」」

セリス率いるドワーフ兵団が進軍する。その兵数、ざっと20～30人といったところだ。小規模ドワーフ兵団と言える。

俺は疑問を呈した。

「なぜ、セリス姫まで同行するんだ？」

「ふん!!　ドワーフ国を苦しめてきた悪党たちにお灸をすえなければ気が済まないのよ!!」

セリスはふんと顔を背ける。

「前にその悪党の人質になって醜態を晒していたのはどこの誰だと思ってるんだ？」

「あああ————————————————————ああああ————————————————————聞こえない————————————————————————————————!!!」

セリスは耳を塞いで大声で叫び始めた。

「あれだけ必死に命乞いして泣き叫んで、あっちの経験もないだのなんだの、言わないでいいことまで洗いざらいぶちまけてみっともなく」

「あああああああ――――!!!　聞こえない――――――――!!!　聞こえないって言ってるでしょ――――!!!　しつこいわよ――――!!!」

「聞こえてるじゃねーか」

俺は溜息を吐いた。手間のかかる歳の離れた妹ができたかのようだ。実際のところは俺より年上なのかもしれないが。見た目と精神年齢があまりにも幼(おさな)い。

「うるさいって言ってるでしょ!!!　あてが行かないと不安なのよ!!!」

「その『あて』が来ると俺たちが不安になるということをご本人がわかってないようだ」

俺は再度溜息を吐く。

「うるさい!!　うるさい!!　うるさい!!」

セリスは怒鳴り散らす。

「まあ、ついてきてもいいけど今度こそ敵に捕まって泣きわめいて醜態を晒すなよ」

俺は釘(くぎ)刺す。

「う、うるさいわね!!　そんなことにはならないって言ってるでしょ!!」

「どうだか、現に一度なってるじゃないか」

「だ、だからこのドワーフ姫のセリス様は同じ失敗は繰り返さない!!」

「はいはい。わかった信用してやるよ。一度だけ」

俺は仕方なく納得した。

「セリス姫!!　見えて来やしたぜ!!」

俺たちの目の前に大きくそびえる山が見えた。あの山の麓に、被害にあった少女の住んでいた家があるらしいのだ。どうやらクロードたちはその家を拠点(アジト)としているようだった。

壮絶な被害にあいながら、捜索に協力してくれた彼女には感謝してもしきれない。この敵は是(ぜ)が非(ひ)でも討(う)ち取らなければならない。

問題は拠点(アジト)を移動していないか、ということであった。それだけが気がかりだ。

「ありました。フィルド様。遠くに一軒家が」

遙(はる)か彼方(かなた)。数キロほど先。余程視力がよくない限りは見えないくらい離れた距離に、一軒家が見えた。あれが彼女の住んでいた家だ。

「よし。慎重にいくぞっ!!」

俺たちは盗賊団の拠点(アジト)へと向かう。今現在も根城としていることを祈りながら。

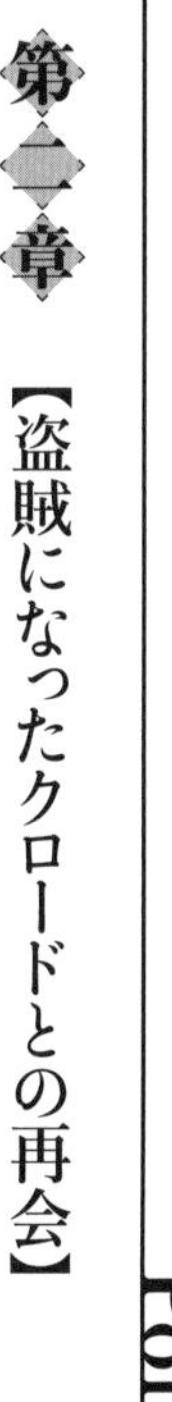

盗賊クロード率いる盗賊団は山の麓の一軒家を根城にしていた。元々は何の罪もない親子三人家族のものだったが、我が物顔でのさばっている。

家の中は酒瓶や麻薬が散乱し、散らかり放題である。

「ぐー……がー……ぐー……がー……」

「ｚｚｚｚｚｚｚ……ｚｚｚｚｚｚｚｚｚｚｚｚｚｚｚｚ」

朝方まで酒を飲みまくっていた盗賊たちは床でそのまま寝入っていた。

「はぁ……ねむ……」

朝方、クロードも目を覚ました。

「さて、今日もどっかから何か盗んでくるか、人さらいでもして金を稼ぐか」

もはや自分たちがやっている悪事をクロードはただの仕事だとしか認識していなかった。ただの生業として。日課としてルーティーンをこなしているかのように。クロードにとってはその程度のことに成り下がっていた。

今日もいつも通りの一日が始まるものと思っていた。しかし、当然ながらこんな悪事がいつまでも続けられるはずがない。歪みはいずれ修正される。悪は滅ぶのが世の常なのだ。

「お頭!!」

盗賊の子分がアジトに駆け込んできた。

「なんだ?」

「見回りから報告です!! なんでもこっちの方にぞろぞろと何人も向かっているようです!! それもどうやらドワーフ兵のようで」

「ドワーフ兵だと……どうしてこの場所がわかった? 何か掴まれたか」

クロードは首を傾げる。この場所が割れるような情報は漏らしてはいないはずだが。いや、ひとつだけある。奴隷として売り渡したあの親子だ。

何らかのきっかけで逃げ出してそれで誰かにチクったのだろう。たぶんそんなところだ。クロードの推測は概ね正解であった。

「他にはどんな奴がいた?」

「冒険者のような男がいました。それに金髪をした姉妹のような別嬪さんがいました。それからちびっこい女の子も」

「金髪をした姉妹……」

その情報から、何となくクロードはルナシスとその妹のイルミナのことを思い浮かべた。

――ということはその冒険者のような男、っていうのはフィルドのことか。ちびっこい女の子というのはわからないが、恐らくは女のドワーフであろう。

クロードは冒険者としては弱くなったが全くの馬鹿ということはない。今の戦力ではフィルドに対して足元にも及ばないことは既に理解していた。

「フィルドの野郎だ!!　あの野郎、俺たちを追ってきやがったんだ!!」

勝てるわけもない、実力差は明白だ。

「どうしやしょう、お頭!!」

「金目の物をまとめろ!!　逃げるんだよ!!　とにかく!!　おら、お前ら起きろ!!」

「zzzzz　んんっ？　もう朝ですか!?　お頭」

「バカ野郎!!　呑気に寝てるんじゃねぇ!!　俺たちを取っ捕まえに来る連中がいるんだぞ!!」

「なんですと!!　そりゃまずい!!　逃げましょう!!　お頭!!」

盗賊たち数十名は揃って目を覚ました。勝てる相手とだけ闘う。弱い奴だけ集中して狙う。

そして自分たちより強い奴らには尻尾を巻いて速攻で逃げる。それがクロード率いる盗賊団のモットーであり、処世術でもあった。

　実に盗賊らしい信条ではあった。

「ど、どこに逃げましょう、お頭!!」

「山に登るぞ!!　森の中に隠れるんだ!!　そうすれば見つからねぇ!!　あいつらがどれだけ強くたって俺たちを見つけられなきゃ捕まえられねぇんだからな!!」

　そもそも交戦にならなければ相手がどれだけ強くても関係がない。要するに逃げればいいのだ。逃げるが勝ちだ。何も正々堂々闘わなければならない理由はない。

　荷物をまとめた盗賊団は脱兎の如く、フィルドたちの捜索隊から逃げ出していった。

「逃げろ!!　捜索隊がやってきたぞ!!　俺たちを捕らえに来たんだ!!」

　盗賊たちの慌てた声がする。一軒家から続々と出てきて、山の方へと逃げていった。

「フィルド様、これは一体……」

「間違いない。姿は見えないがクロードの盗賊団だ。逃亡を決め込むのが早すぎる。俺たちとの実力差を認識しているクロードならではの判断だ」

「やはり、あの娘の言っているようにクロード一味の仕業なのですか。行商人を襲い、ドワーフ製品を強奪したのも」

「確証はないが恐らくはそうだろうな」

「なんと卑劣でゲスな男。やはりあの時──」

ルナシスはその美しい顔を怒りで歪ませる。

「やめろルナシス。過去を悔やんでもどうしようもない。俺もまさか奴がここまでやるとは想像もしていなかった」

人を人たらしめていたストッパーが外れると人間はここまで堕ちてしまうものなのか。例えばそれが社会的立場であったり、収入であったり、家族であったり、仲間であったり。

クロードはそういうものを失いすぎた。そして歯止めが何もなくなってしまった。その結果盗賊稼業に手を染め、犯罪行為を繰り返すことに何の躊躇いもなくなってしまったのだろう。

あいつは俺が『栄光の光』からいなくなったことであまりにも多くのものを失った。だがそれも自業自得だ。クロードの転落劇の責任はクロード自身にある。

「ともかく追いかけるぞ、みんな!!」

「「はい！」」

ドワーフ兵が俺の叫びに答える。

「ちょ、ちょっと!!　勝手に命令しないでよ!!　あてのドワーフ兵なんだからっ!!!」

セリスはムキになる。

「知るか!!　今それどころじゃないんだよ!!　お前も追いかけろ!!　人質にされないようにな

っ!!」

「わ、わかってるわよ!!　ドワーフ兵団!!　行くわよ!!」

「「「はい!」」」

こうして俺たちとセリス率いるドワーフ兵団は逃げる盗賊たちを追いかけ始めた。

◇【盗賊クロード視点】

「はぁ、はぁ、はぁ」

クロード率いる盗賊団は山道をひたすら走る。

「お頭!!　クロードお頭!!」

子分が声をかけてくる。

「なんだ!?」

「連中、追いかけてきやすぜ」

「追いかけてくるのは当たり前だろうが。俺たちを捕まえに来たんだからな」

「あいつら、そんなに強いんですか」

「強いなんてもんじゃねぇ。王都に召喚獣(しょうかんじゅう)バハムートを放った時に討伐(とうばつ)したのはあいつらだ。特にあのポイントギフターのフィルドは要注意だ。捕まった瞬間に殺されると思え」

「そ、そんなすげぇ奴なんですか。あの少年は」

クロードの話を聞いた盗賊団は血の気が引いた様子であった。

「ああ。だから最大限の警戒をするんだ」

「お頭!!」

「なんだ!?」

「目の前に大きな岩がありますぜ。こいつを落とせば奴らも」

「それで倒せるような連中じゃねぇけど、時間稼ぎくらいできるかもしれねぇ。数名残って落とせ。俺たちは先に行く」

「「「へいっ!!!」」」

盗賊団は数人がかりでその大きな岩を動かし始めた。

「「「せーの!!!」」」「「「ふんっ！」」」

ゴロゴロゴロ。こうして盗賊たちは大岩を落とすことに成功したのである。

◇

ゴロゴロゴロ。音が聞こえてくる。

「なんだ？　この音は」

「フィルドの旦那っ!!!」

ドワーフ兵が叫ぶ。

「い、岩が!! 大きな岩が落ちてきますぜ!!」

遥か遠くから大岩が落ちてくる。偶然なわけがない。俺たちを妨害するためにクロードたちが落としたのであろう。ドワーフ兵を含め、全員が避けきるにはあまりに道幅が狭かった。

道の片方は崖になっている。反対側も傾斜がきつく、とてもではないが登れそうにない。

仕方がない、俺はエクスカリバーを構える。そして大岩に向かって振り下ろした。
◇

「はあああああああああああああああああああああああああああああああああああああああ!」

俺はエクスカリバーを振るった。聖なる気が放たれ、大岩とぶつかり合う。

ド――――――――――――――――――――ン!!

大きな音がして、大岩が破砕された。埃と小石が舞い散る。

「さ、流石はフィルドの旦那ですぜ」

ドワーフ兵は驚いた様子だった。クロードはこの程度の大岩で俺たちを倒せるとは思っていないはずだが、それでも多少なりとも時間を稼がれた。

「みんな、急ぐぞ!!　ゆっくりしている時間はない!!」

「「「はいっ!!!」」」

　俺たちはドワーフ兵を連れ、引き続き盗賊団の追跡を行った。

◇

「とりゃあああああああああああああああああああああああああああああああ!!」

　足の遅い盗賊の一人に追いつき、ドワーフ兵が飛びつく。いくらチビのドワーフ兵でも力はそれなりにある。複数人で押さえにかかれば、一人くらい捕まえるのは造作もない。

「答えろ。お前たちの頭領は誰だ？　クロードって男か？」

「へっ、そんなこと言えるわけがねぇだろうが」

　当然ながら盗賊が大人しく話すわけがない。

「イルミナ、こいつに魅了の魔法をかけてくれ」

「了解しました。フィルド様」

　イルミナは毎度の如く、魅了の魔法をかける。イルミナに骨抜きにされた盗賊は言うことを聞くだけの操り人形となる。

「答えてください。あなたたち盗賊団のリーダーはクロードという男ですか？」

「は、はい!!　そうです!!」

目をハートマークにした盗賊は大人しく答え始めた。哀れなものだ。

「そのクロードという男はどっちに行きましたか？」

「は、はいっ!!　あっちの方です!!」

盗賊は指さした。

「そうか……あっちか」

「それでフィルド様、この男はいかがいたしましょうか？」

「ドワーフ兵に縛らせる。俺たちは他のドワーフ兵と共に追いかけるぞ」

「「はい！」」

俺たちは間を置かず、ドワーフ兵を引き連れ、残る盗賊、その頭領となっているクロードを追いかけることにした。

◇【盗賊クロード視点】

「お頭!!」

「なんだ!?」

「あいつら、もう追いかけてきますぜ!!」

「ちっ。足の速い連中だぜ」

クロードは舌打ちする。

「クロードのお頭!!」

「んだよっ!!　またうるせぇなっ!!」

「み、道がっ!!　この先は崖ですぜっ!!」

「なっ!?」

目の前にはもう道がなかった。崖になっていたのだ。

崖の下には川が流れていた。とはいえ、かなり高さがある。落ちたら命の保証はない。

慌ててクロードは来た道を引き返そうとした。しかし、その時、今はあまり見たくもない顔と出くわす。

フィルドであった。かつて自分たち『栄光の光』の役員が追い出したポイントギフター。便利に使い倒していた少年が目の前にいた。

圧倒的な経験値で魔法剣士として無双していたあの頃とは立場が違う。膨大な経験値を得たフィルド、そしてそれを失った自分。

この状況はもはや絶望的であった。

「へへっ。久しぶりだな、フィルド……とはいえ、この前王都で会ったか」

クロードはフィルドに対して、軽薄な笑みを浮かべた。

◇

長い追跡の末、俺たちはドワーフ兵と共に、クロードを追い詰めた。

「へへっ。久しぶりじゃねぇか、フィルド」

クロードは笑みを浮かべてくる。

「とはいえ王都以来だから、そんなに久しぶりってほどでもねぇか」

「クロード。お前の仕業なのか？　人さらいをしたのも、行商人を襲いドワーフ製品を略奪したのも、お前の仕業なのか？」

「へっ。そうじゃないって言ったらお前は信じるか？　信じねぇだろそんなこと」

「どうしてそこまで、お前は仮にもギルド『栄光の光』のオーナーだっただろう？　どうしてそこまで人としての心を捨てられるんだ？」

「そんなの決まってるだろ。俺の本性がどうしようもないクズ野郎だからだよ。俺は自分のことが可愛(かわい)いだけだ。他人が泣こうが叫ぼうが、どれだけ損(そん)をしようがなんとも思わねぇ。むしろそうさせることが喜々(きき)としてできちまうんだよ」

クロードは薄気味悪い笑みを浮かべる。

「他人が泣くのが楽しくて、傷つくのが楽しくて、損するのが大好きなんだよ。俺は自分さえ

よければいいんだよ。そういう醜い奴なんだよ。『栄光の光』を失って改めて考えてみた。かつてのギルドオーナーの俺と今の俺、どっちが本当の俺か？　って。答えは簡単だった。今の俺だよ。今の俺こそが本当の俺だ。かつての自分より今の自分の方がよっぽど生き生きしてるぜ。盗賊の生活がよっぽど合ってるらしい」

「そうか」

俺は諦めた。もうだめだ、こいつは。当然野放しにはしておけない。

「ドワーフ兵、クロードを捕まえてくれ。それで全てが終わる」

「「はい！」」

ドワーフ兵がクロードに迫る。

「もう逃げられねぇぜ、後ろは崖だしな」

「大人しく観念するんだな」

ドワーフ兵はじりじりとクロードに詰め寄る。

「や、やめろっ。来るなっ。こっちに!!　いやだっ!!　捕まりたくない!!　捕まったら豚箱だ!!　臭い飯食わされて、それで最後は死刑にされるんだっ!!　俺はもう何人も殺っちまってるから死刑になるに決まってる!!　そんなのはいやだっ！」

「観念しろクロード。貴様はそれだけのことをしてきたんだからな」

俺は冷淡に告げる。こいつに対する同情心は一切ない。持つ必要はないであろう。

「い、いやだっ！　捕まりたくない!!　いやだっ!!」

クロードは身勝手なことを言い始める。何人もこいつのせいで命を落とし、そして多大な迷惑を王都とドワーフ国にかけたというのに、わが身が一番可愛いらしい。

こいつは他人のことは一ミリたりとも考慮していないようだ。真正のクズだ。もういい、こいつと関わるのはこれで終わりだ。

こいつにはそれなりの裁き、報いを受けてもらう。

「い、いやだああああああああああああああああああああ!!」

恐怖に駆られたクロードは絶叫する。そして後ずさった。自分の背後が崖であることも忘れて。

「あっ……」

クロードは呆けたような顔になる。

「うわあああああああああああああああああああああああああ！」

クロードの長い絶叫が響きわたる。

ドッポ――――――――――――――――――――ン!!

水柱が立つ。数十メートルの高さから転落したのだ。下が水だからといって助かることはないだろう。第一、万が一息があっても窒息して死ぬ。

「フィルド殿……あいつ勝手に落ちてしまいやしたぜ」

「放っておけ。他の盗賊たちを捕まえろ。一人たりとも逃すな」

俺は命ずる。

あっけない最期だったな。だが人間の最後なんてそんなものか。これがかつてトップギルドであった『栄光の光』のギルドオーナー・クロードの末路とは。

当時の奴に告げても笑い飛ばして絶対信じなかったであろう。

俺たちはドワーフ兵と協力して、盗賊たちを捕まえていった。

「フィルドの旦那。これでおおよそ捕まえました」

「よし。逃した奴がいるかもしれないが、そいつらは王都の方で指名手配してもらおう。他の盗賊たちからも情報を聞き出せるだろうしな。これから先は王都の警備兵の仕事だろう」

「「はい！」」

俺たちは捕らえた盗賊たちを王都の警備兵に引き渡し、ドワーフ国に戻った。

◇

「あっぱれであったぞ!! フィルド殿、そしてその仲間たち!! さらにはドワーフ兵の諸君よ!!」

「「はっ!! ありがたきお言葉、痛み入りますっ!!! ドワーフ王!!!」」

「ふんっ!!　あての活躍があれば当然の結果かしらっ!!　ふふふっ!!」

セリスは小さな胸を反らし、偉そうなポーズをとっていた。「えっへん」という感じであった。

「セリス姫、お前は何かしてたか?」

俺は聞いた。

「それはもう、ドワーフ兵に巧みな指示を出し、盗賊たちを追いつめていったのよ!!!」

「嘘を吐くな。誰もお前の指示を聞いてなかったろう。どこで何をしていた?　正直に言ってみろ」

「ううっ。こ、今回は捕まらないように、隅の方で大人しく隠れていました」

「正直でよろしいっ!　ま、まあ、捕まって俺たちの足を引っ張らなかっただけでも大した進歩だ」

「よくやってくれた。特にフィルド殿とルナシス姫とイルミナ姫。この三名は部外者であるにも拘わらず、この盗賊問題を解決する上で多大な働きをしてくれたこと、誠に感謝申し上げる。そうだな、何か褒美を授けたい」

「い、いいえ、いいですよ。個人的な動機もあってしたことですし」

盗賊問題はクロードが裏で糸を引いていたことだ。あいつとは少なくない因縁があった。だからその問題が片付いたのは俺にとっても相応に意味のあることだったのだ。

「そういうわけにもいかぬな。そなたたちは何を望む？　金ならそれなりにあるだろう。今更(いまさら)さほど必要なわけでもあるまい。そうなるとそうだの。今以上の強さを欲しているのではないか？　レベルアップによる強さは簡単に手に入るものではない。それだけの経験値を必要とする。だが、装備は別だ。装備は変更すればすぐに強くなれる。ドワーフ国は元来鍛冶師(かじし)を生業としてきた一族である。きっとそなたたちの強さを高めることに協力できるだろう？」

「俺たちにもっと強くなれる装備を授けてくれるというのですか？」

「左様(さよう)。だが、見たところそなたたちの装備はそれなり以上の性能を備えている様子だ。そうなると伝説級の武具でなければ装備を変更しても意味をなさないであろう。伝説級の武具を作るにはそれ相応の伝説級の素材が必要なのだよ」

「はぁ……伝説級の素材ですか？」

「そうだ。それを持ってきてくれたら、我々の方で伝説級の武具を鍛造(たんぞう)してやろう」

「その伝説級の素材は誰が取ってくるのですか？」

「我々では無理だな。我々は元々生産を生業とする種族なのだよ。あまり戦闘や危険なことには向いていないのだ」

「つまり……」

　褒美として武具を作ってやるから俺たちに素材を集めてこいってことか。

「俺たちに素材を集めてこいって言ってるんですか？」

「うむ。そうなるの」

「でも、その素材はどこにあるんですか？」

「あてが教えるわ」

　セリス姫が名乗り出てきた。

「セリス姫が？」

「色々と助けてくれたお礼よ。あんたには世話になったから」

　ツンと言いつつ、顔を赤くするセリス。なんだこの娘は。情緒が不安定なのか。

「ちなみにどんな場所にその素材はあるんですか？」

「そうね。北の大地に氷結地獄（コキュートス）というとても寒い場所があるの。そこにいるドラゴンから取れる素材によって強力な剣が作れるわ」

　氷結地獄（コキュートス）。あまりに寒い大地のため、氷系の最上級魔法の由来（ゆらい）にもなっている大地だ。前にドロシーが俺に使ったことがある……あの時はＭＰ切れのため不発に終わったが。

「他には？」

「南の大地に世界樹の大樹があるの。頂上にある世界樹の結晶（クリスタル）を手に入れられれば、特別な杖（つえ）を作ることができるの」

　どちらも大変そうなところではあるが。ただ行ったことのない場所でそれなりに知的好奇心や探求心をくすぐられはした。

「フィルド様、よいではないですか」

ルナシスが言ってくる。

「何がだ？」

「色々見たこともない物がありそうですし。観光がてら行ってみても」

「そうです!!　きっと楽しいと思います!!」

ルナシスとイルミナは言ってくる。二人とも行ったことのない場所なのだろう。俺も当然そうだ。俺でさえ行ったことがないのだから、二人がなくても当然と言えた。

「観光がてらって、それなりに危険な場所だぞ。危険なモンスターも間違いなくいるし」

第一、その氷結地獄（コキュートス）にいるドラゴンの素材が必要ということは、ドラゴンとの戦闘は避けられないということだ。

「それはそうですが、フィルド様がいらっしゃるじゃないですか」

「それはそうかもしれないが、あまり俺に頼られてもな」

「それはもう、私たちもフィルド様の足を引っ張らないよう最善を尽くします」

「まあ、せいぜい、あての足を引っ張らないように努力するのね」

セリスが偉そうにふんぞり返った。

「い、一番足を引っ張りそうな奴が何か言ってるぞ」

「し、失礼な奴ねっ!!　あてがどうして足を引っ張るのかしら!!」

「人質にされて泣き叫んでいたのを忘れたのか?」

「う、うるさいわねっ!!　忘れなさ――――――――い!!」

セリスは顔を真っ赤にして叫んだ。

「まあ、じゃあいいか。面白そうだし」

まだ見ぬ光景がそこにあるのだったら、是非見てみたいものだ。退屈しなさそうだし。俺は俺でそれなりに乗り気だったのだ。

「ドワーフ王。わかりました。セリス姫に同行してもらって、その素材を集めてきます」

「おお、そうか。そうしてくれるかっ!!　では素材を持ってきてくれたら約束通りそなたたちに伝説級の武具を鍛造しようではないか」

「はい!」

「ではお父様、行ってきます!!」

こうして俺たちはセリスに案内をされ、素材収集の旅に出ることとなった。

◇【盗賊クロードSIDE】

「はぁ、はぁ、はぁ……」

川に転落したクロードは、何とか陸に上がる。どうやら生きながらえたらしい。あの高さから落ち、溺れることもなく陸に上がれたことは奇跡といってもいい。

それだけ悪運があるということかもしれない。クロードは追手が来ることを恐れ、薄暗い洞窟の中に身を潜めた。

水が冷たかったため、体が冷えた。残った僅かな魔力で焚き火をし、服を脱いだ。弱くなった魔法でも火を起こすくらいはできる。

なんとみじめな状況か。仲間の盗賊たちは捕らえられているであろう。クロードは闇社会でせっかく築き上げたものを失った。金目の物を持った仲間も捕まったに違いない。

つまりはクロードは新たに築き上げた仲間、それから盗賊稼業で稼いだ金も失った。もはや何もない。生きているだけだ。体ひとつだけになってしまった。

また元通りだ。

「くそっ！　フィルドの野郎!!　またあいつのせいでっ!!　くそっ!!」

クロードは憤った。叫んだ。洞窟内にその声が響き渡る。

もはや何もなかった。だが、本当に何もないのか。クロードは思い出す。そういえばあの時、闇商人から譲り受けた魔石があったではないか。ちゃんとあるだろうか。

あった。クロードの服の中にちゃんと魔石はあった。

「不思議だな。あれだけ流されたのに、どこにも行かずにちゃんと俺のもとに」

妙だな、とクロードは思った。もしかしたら自分がこうして生きているのもただの偶然ではないのかもしれない。奇跡的に助かったと思ったが、そうそう奇跡は起こらない。起こらないから奇跡というのだ。

「もしかしたらこの魔石が助けてくれたのかもしれないな」

優れた魔道具は意思を持つという。そうだとすれば、この魔石は持ち主であるクロードが死なないように助けてくれたのかもしれない。

そう考えると自分があの危機的状況から助かったのも合点がいく。

自分が助かったのは奇跡ではない。この魔石が意思を持っていて助けてくれたのだ。そう思う方が納得ができた。

「魔石か……」

自分は全てを失ったと思っていた。だがそれは間違っていた。この魔石が残っていた。何もかも失ったと思われたクロードに唯一残ったものだ。

魔石を使用することは悪魔と契約するようなものだと闇商人は言っていた。だが、もはやこれ以上自分が何を失うというのか。何も失うものなどない。強いて言うなら薄汚れたこの魂くらいのものだ。

この魂を失うことにクロードは一片の未練も持っていなかった。

「いいぜ。魔石よ。俺の魂、お前に捧げてやる。悪魔でも何でもいい」

クロードは祈る。

「あの憎いフィルドの野郎をぶっ殺せるなら何でもしてやらぁ！」

クロードは覚悟を決めた。そう、魔石を使用する覚悟。悪魔に魂を売る覚悟だ。

もはやクロードは人間であることすら捨てる覚悟を持つに至ったのである。人間として落ちぶれていくどころか、最終的には人間ですらなくなる、なんと因果な身の上であろうか。

だが、それも彼の人生である。こうして彼の人としての生は終わり、まったく別の存在として生まれ変わることとなる。

そしてクロードは残っている全魔力を魔石に注ぎ込んだ。魔石が黒く、怪しい光を放つ。

俺たちがまず向かったのは北の大地。氷結地獄と呼ばれる大地だった。全てが凍る、凍てつく大地。まさしく氷結地獄と呼ぶに相応しい。

「さ、寒いのよ。帰りたいのよ」

セリスはガタガタ震えていた。

「……寒いところだってのは最初から知っていただろ」

「そ、それはそうだけど、実際来てみると想像以上に凍えるのよ。だ、だめ。もう限界、あ、あて帰るのよ」

「帰るな。何のために来たんだ。案内役（ナビゲーター）が帰ろうとするな」

俺は引き返そうとするセリスの首根っこを摑んで止めた。

「だ、だって。寒いものは寒いんだもの。こんなところにずっといたら、凍え死んじゃうのよ」

我（わ）が儘（まま）なお姫様だな。ルナシスとイルミナを見習ってほしい、文句ひとつ言わずにこの寒さに耐えている。同じお姫様だというのにえらい違いであった。

「仕方ない。イルミナ、魔法で暖めてやれ」

「はい。炎（ファイア）」

イルミナは炎系魔法を放つ。焚き火を作った。

「あ、ありがとうイルミナ姫。暖かいのよ」

セリスは焚き火にあたっていた。

「あ、暖かい。あれ？　けどなんか熱い!!　服に燃え移った!!」

セリスは大慌てしていた。引火して服が燃えていた。なんてトラブルメーカーだ。どうしようもない。

「イルミナ、水魔法で消してやれ！」

「はい。水（ウォーター）」

イルミナは水系魔法を放った。バサッ。水がセリスにかかる。

ピキィ!!　瞬間的にセリスにかかった水が固まり、セリスが氷の彫刻になった。

「「「………」」」

俺たちは沈黙する。なんか微妙な空気になった。

「置いていくか」

俺は呟く。

「ええ!?　いいんですか!?　フィルド様!!」

イルミナが叫ぶ。

「そ、それは些か可哀想では」

ルナシスも苦笑いをする。

「ふ、ふざけるんじゃないわよ!!　置いてくんじゃないわよ!!」

氷の彫刻が叫ぶ。

「彫刻が喋ったぞ」

「……誰のせいで彫刻になったの思ってるのよ!!」

「仕方ないな」

俺たちは氷を取り除いてやる。

「くっ。ふざけるんじゃないわよ。なんであてが氷の彫刻にならなきゃなのよ」

「そもそもお前が火だるまになるのが悪いんだろうが」

俺は叫ぶ。

「いい。とにかく行くぞ」

どこが案内役なのか。確かに氷結地獄にたどり着くまでには役に立ったが、着いてからは純粋にお荷物である。

それからしばらく行った先で吹雪が止んだ。そこにあったのは銀世界である。

例えば見慣れた草木だったとしても、綺麗に凍っているとそれだけで多少なり幻想的になる。池だってそうだ。池は凍りつけばスケートリンクのようになる。

「フィルド様、見てください」

「なんだ？」

「お花です。綺麗に凍ってます」

「ああ。綺麗だな」

俺は同意する。その光景は美しかった。そして空を見上げる。

「フィルド様、あれは」

空が綺麗な光を放っている。

「オーロラだ」

「オーロラ……」

「俺もよく原理はわからないが、寒冷地帯に見られる発光現象だ」

「へー……寒いところには綺麗なものが多いんですね」

俺たちはその光景に見惚れていた。過酷な環境でしか見れない光景というものは多いのかもしれない。人気のない場所にしか咲かない花もある。そこでしか存在しない生物もいる。

そういったものを見れただけで、俺はこの場所を訪れて良かったと思えた。

「何を感激しているのよ!!　あてたちはこの氷結地獄にドラゴンの素材を取りに来たのよ!!　遊びに来たわけじゃないのよ!!」

セリスは怒鳴っていた。

「そういえばそうだったな」

「目的を忘れるんじゃないわよ。そのために氷結地獄に来たんだから」

「ですが、セリス姫。これ以上私たちが強さを求める必要があるでしょうか？　私もイルミナもそれからフィルド様も十分な強さを手に入れていると思うのですが」

「それはそうかもしれないけど」

セリスは口ごもる。

弱ければ無力だ。強さは当然、必要だ。身を守るために。誰かを助けるために。絶対に必要なものだ。だが強すぎる力というものは時に危険なものになる。

身につけるべきは、必要なだけの強さだ。過剰な強さなどキャパシティの無駄である。世界で最も強くなったとしても、その力で倒すべき敵がいなければ意味などない。

「お姉様、何だか胸騒ぎがするんです」

イルミナは言った。どこか心配げだ。

「胸騒ぎ？　どうしたのイルミナ」

「エルフの森がざわついています。きっとこれから何か良くないことが起きます」

「良くないこと？」

「わかりません。ですが力はあるに越したことはないかもしれません。強大な力に抗(あらが)うことができるのはより強大な力だけです。我々は幾度(いくど)となく、対話が不可能な邪悪な存在を目(ま)の当たりにしてきたではないですか」

イルミナは訴える。今まで色々な経験をしてきた。特にイルミナはエルフの国を出てからというもの、初めての経験の連続であっただろう。楽しいことばかりではない。怖い思いや死の恐怖も味わった。

「そうね。それもその通りね。それでそのドラゴンはどこにいるのですか？　セリス姫」

「それはあてもわからないわよ。だってあては氷結地獄(コキュートス)にそいつがいるってことしか知らないんだから」

「肝心(かんじん)な時に役に立たないんだな」

俺は溜息(ためいき)を吐く。

「うっさいわね!!　ここに着くまで役立ったでしょうが!!」

「そういうことにしておく。それじゃあ、地道に探すしかないな」

ドスン、ドスン、ドスン。足音が聞こえてきた。

「なんだ？　この足音は」

俺たちは振り返る。目の前に巨大な竜がいた。全身が凍結している竜。鼻息が吹雪（ふぶ）いている。

間違いない。氷結竜（フロストドラゴン）だ。

ガアアアアアアアアアアアアアアアアアアアアアアアアアアアアアアアアアアアア!!!

氷結竜（フロストドラゴン）が猛烈な叫び声を上げた。

「う、うわっ!!　なにっ!!　う、うるさいじゃない!!」

セリスが怯（ひる）んだ。ドラゴンの咆哮（ほうこう）は敵を怯ませる効果がある。

「氷結竜（フロストドラゴン）のお出ましだ」

俺たちは氷結地獄（コキュートス）で氷結竜（フロストドラゴン）と遭遇（エンカウント）した。

◇

ガアアアアアアアアアアアアアアアアアアアアアアアアアアアアアアアアア!!!

氷結竜（フロストドラゴン）の叫び声が氷結地獄（コキュートス）一帯に響き渡る。

「ほ、ほんとうるさいのよっ！」

セリスは耳を塞（ふさ）ぐ。

「下がっていろ!!　セリス」

俺はエクスカリバーを引き抜く。

「はああああああああああああああああああああああああ!!」

ルナシスは剣を振り下ろす。キィン!!　ドラゴンの皮膚(ひふ)は堅い。そのため、ルナシスの剣を持ってしても簡単に弾(はじ)かれてしまう。有効なダメージを与えられない。

「くっ。堅いですね」

「フレイムアロー！」

イルミナは炎系魔法を唱(とな)える。紅蓮(ぐれん)の炎が矢の形となり、氷結竜(フロストドラゴン)に襲いかかる。

しかし。

ガアアアアアアアアアアアアアアアアアアアアアアアアア!!!

氷結竜(フロストドラゴン)は大きく口を開けた。凍てつくようなブレスがフレイムアローを一瞬にして凍りつかせた。

「「きゃっ!!!」」

そしてその氷の息吹(いぶき)はルナシスとイルミナの身体(からだ)も凍りつかせる。

「あ、足がっ！」

「くっ、このっ！」

足が凍りつき、動けなくなったようだ。敏捷性が大きく下がる。

「な、何してるのよっ！　しっかりなさいよっ!!　あ、あてっ!!　あのドラゴンに食べられちゃうじゃないの!!」

何もできないくせに偉そうだな、セリスは。いや、何もできないからこそ偉そうなのか。そういう人間はよく存在していた。

「仕方がない」

俺は剣を構える。

「はあああああああああああああああああああああああああああああああああああああ!!!」

俺は斬りかかる。するとポキリ、と牙が折れる。氷結竜の牙が地面に落ちた。

「セリス、集める素材は氷結竜の牙だけでいいんだよな」

「え、ええ。そうよ。氷結竜の牙があれば伝説級の武器は作れるわよ」

「だそうだ。まだやるか？」

俺はドラゴンを睨みつける。ドラゴンは馬鹿ではない。巨大な体躯ではあるが、知能は高い。愚かな人間などよりも余程。

グウウウウウウウウウウウウウウウウウウウウウウウウウウウ!!!

氷結竜は唸ると、ドスン!!!　ドスン!!!　ドスン!!!　と大きな足音を立てて、どこかへと去って行った。

「逃げていきましたね。ほっ」

「ほっ」

イルミナとルナシスは大きな溜息を吐いた。

「はあああ――――――――――――――――っ!」

セリスは大きな溜息を吐いた。もの凄く長い。

「ふんっ。あの程度大したことないわよ。何を怖がってるのかしら」

そして気を取り直したようにツン、とした態度を取った。

「いま凄い長い溜息聞こえたよな。もの凄く長いっ!」

「空耳なのよ。この極寒の大地が齎す幻聴効果」

「そ、そうか。幻聴か」

とてもそうは思えなかったが。

「そ、それよりもさっさとその牙を拾ってアイテムポーチにしまいなさい」

「全力で話題を逸らしにきたな」

まあいいが。俺は牙を拾った。

アイテム『氷結竜の牙』を手に入れた。

「これで後は南の大地に行って、世界樹の大樹に登るだけなのよ!!　そこで世界樹の結晶を手に入れるのよ!!」

セリスはそう声を上げた。

「世界樹の大樹か」

氷結地獄(コキュートス)で目的を達成した俺たちは次なる目的地である世界樹の大樹を目指した。

◇【魔人クロードSIDE】

「クハッハッハッハッハッハッハッハ!!! もう俺には失うものなんてねぇんだよ!!!」

せっかく盗賊として力を蓄(たくわ)えてきたクロードだったが、それらを全て失った。また振り出しである。

心を折るには十分すぎることであった。もはやなりふりなど構っている余裕はなかった。たとえそれが悪魔に魂を売るような行為だったとしても躊躇う理由などなかったのである。

クロードは魔石を手に持ち、魔力を注ぎ込む。強く念を込めた。

「魔石よ!! 俺の呼びかけに答えやがれ!! そして目を覚ましやがれ!! くれてやるっ!! 貴様が欲しいものをなんでも。俺の命でも肉体でもっ!!」

残った微弱な魔力に呼応(こおう)するようにして、魔石がその力を発揮(はっき)する。

どす黒い瘴気(しょうき)を放ち、それが洞窟内を満たしていった。

『我は魔王の力を秘めし石。貴様の魂と引き換えに如何なる願いでも叶えようぞ』

不気味な声が洞窟に響き渡る。この魔石が発しているようだ。

「へへっ。本物の魔石みたいだな。良かった。あの闇商人に偽物をつかまされたわけではなかったんだな」

果たしてそれが本物だったことがクロードにとって幸運だったのか、不幸だったのかはわからない。これから被害に遭う人間や亜人種からすれば不幸としか言いようがないが。

極めて自己本位で身勝手な畜生と成り下がったクロードからすればそんなことはお構いなしだった。

もはや彼は周りや他人のことなど一切目に入っていない。追い詰められた人間というのは往々にしてそういう心理状態になるものなのかもしれない。

「汝の名を述べよ」

「クロードだ。クロード・トリニティ」

クロードは答える。

「汝、クロードよ。汝は何を求める？　貴様の望みをなんでも述べよ。さすれば汝の魂と引き換えに、全ての望みを叶えようぞ」

「力だ!!　魔石!!　力をよこせっ!!」

「ほうっ!?　力となっ!!　それはどの程度の力だっ!?」

「この世界でも最強の力!!　魔王の力をよこせ!!　かつての俺よりも、そしてあのフィルドの糞野郎よりも強い力!!　あの糞雑魚ポイントギフターをぶちのめせるだけの力だ!!」

「良いだろう!!　汝クロードよ!!　貴様の魂と引き換えにその望みを叶えようぞ!!!」

「うおおっ!!」

口から、魔石の瘴気が体内に侵入していく。力が漲ってくる。かつてないほど強い力。そして自分の体が自分のものではなくなっていくのを感じた。

体も精神も全く別物に作り変えられる。器が自分というだけで、中身は完全に別物に成り変わっていた。

クロードはフィルドと同じように自身の強さをステータスとして正確に認識できるようになっていた。

ＬＶ３００
ＨＰ５０００００
ＭＰ３０００００
攻撃力：９１２３
防御力：９０３４
魔力：８９１２

敏捷性：８８９０

そこにはとんでもなく高いステータスの数値が並んでいた。この力、間違いない。あのフィルドの奴、そして先日、王都に降臨した竜王バハムートよりも強い。間違いなく自身が世界でも最強の強さを手に入れたのだ。

この強さが借り物どころか、完全に他人の力だったとしてもクロードは構わない。

もはやクロードをクロードたらしめるものは何も残っていなかったかもしれない。

だが、クロードの願いを魔石は確かに叶えた。膨大な力を授け、まったく別物の存在にさせた。だがそれでも、クロードのフィルドに対する身勝手な復讐心だけはちゃんと残してあったのである。

「へへっ。勝てる。勝てるぜ!!　この力があれば間違いねぇ!!　あの雑魚ポイントギフターのフィルドの奴に勝てる!!」

魔石により、望外な力を得たクロードは完全にその力に酔っていた。

「この力があればフィルドの奴をボコボコにできる。ただ殺すだけじゃ物足りねぇよな。あいつが懇ろにしているルナシス様とその妹をボロボロになるまで嬲ってやる。今から泣き叫ぶその顔を見るのが楽しみで仕方ねぇぜ」

クロードは醜悪だったその顔を今までより一層、醜く歪める。完全なる邪悪へとクロードは染まり切っていた。

「クックックックックック！　アッハッハッハッハッハッハッハッハッハ!!!」

クロードの哄笑が洞窟内に響き渡る。この時、世界を震撼させるほど危険な存在が誕生した。

唐突に空が曇り、そして土砂降りの雨が降り出す。これから起こることを暗示するかのように。

「あれが世界樹の大樹か」

俺たちは南の大地へと向かった。そこには遥か天空へと伸びている大樹があった。それは雲すら突き抜け、成層圏にまで至っている様子だった。

距離が相当離れているにも拘わらず、まるですぐ目の前にあるかのように見えた。それはそれだけ世界樹の大樹が巨大であることを指し示している。

一説によると、あの木は一本の木でありながら、下手な国の面積よりも大きいらしい。あれほど巨大な木は他にないだろう。

「フィルド様!!　すごい大きな木ですね!!」

イルミナは目を輝かせる。

「ああ。俺もここまで近くで見たのは初めてだよ。って、全然近くはないんだけどな」

あれほど巨大な木である。かなり離れた場所にいてもその姿を目にすることはできる。だが、実際に登ってみるのは今回が初めてのことであった。

「あれを天辺まで登るのか」

気が遠くなりそうだ。ともかく近づいてみなければどうしようもない。俺たちは長い時間をかけて、その世界樹の大樹へと歩いていく。あと少しで手が触れられるくらいまで近づいたと思ってから半日が経過した。相当に距離が離れていたようだ。

「改めて近くで見ると呆れるほどバカでかい木だな」

「本当ですね」

ルナシスも呆気にとられている。それほどまでにとてつもなく大きな木だったのだ。

「改めてすっごい大きな木です」

「ああ。良いもの見れたな」

「ええ」

「それじゃあ、帰ろうか」

俺は帰ろうとする。良いものが見れた。良い経験ができた、それで満足だ。

「「はい！」」

「今回は良い旅でしたね。ルナシスお姉様」

「ええ。その通りね。イルミナ」

俺たちは皆、笑顔だ。これぞハッピーエンド!!　感無量だ。俺たちの旅は終わった。

「待ちなさい!!」

セリスに呼び止められる。

「どうした？　セリス姫。何かあったか？　随分と不満そうだが」

「ふん!!!　ここに何をしに来たのか、忘れたのかしら!!!」

「何って、観光に。良いもの見れたし、後は帰るだけ」

「世界樹の大樹の天辺にある、世界樹の結晶を取りに来たのを忘れたの!?」

「ん、ああ。そういえばそうだったな。けど大変そうだよな、こんな木に登るの」

目の前にある巨大な木は遙か上方にある雲を突き抜け、際限なく伸びている。一体何キロ、いや、何十キロ登らなければならないのか、想像することすらできない。

「ええ。それもそうですね。これだけの木、天辺まで登ることなど本職の冒険家であっても並大抵のことではありません」

ルナシスも辟易としている様子だ。そうまでして、素材を集め、ドワーフに伝説級の武具を作ってもらうことに何の意味があるのか。

そうまでしなければ勝てない敵なんてものがそもそも、この世に存在するのだろうか。

それすら怪しかった。必要以上の使うことのない力を身につけることに何の意味があるのだろうか。

——と、イルミナの顔色が変わった。怯えたような顔になった。そして、体を震わせた。

「どうかしたか？　イルミナ!!　体調でも悪くなったのか？」

俺は彼女の背中をさする。

「いえ、そうではありませんフィルド様。よくない気を感じました。邪悪な気です」

「邪悪な気!?」

「ええ。とてつもなく邪悪な気を感じました。これから良くないことが起こる気がします」

イルミナは魔導士だ。そして天才的な魔力を持っている。通常のレベルやステータスでは計れない、特別な力があった。霊的な感覚があるのだ。それは彼女がエルフの森とつながり、献身的に森の魔力を支えてきたことと何か関係があるのかもしれない。

「良くないこと？」

「強い力の波動を感じるのです。それはフィルド様を超えるかもしれない程の悪しき波動。あの竜王バハムートと対峙した時と似ています。その力は良い方向を向いておりません。悪しき力が目覚めたのだと思います」

　イルミナの様子は尋常ではなかった。何か良くない存在が現れたのかもしれない。俺たちが認識していないだけで世界は広いのだ。もっと強烈で凶悪なモンスター、悪しき存在は世の中に存在するのかもしれない。

　自分の強さに酔っているといずれ足元をすくわれるであろう。そう、かつての『栄光の光』の役員たちがそうだった。

「悪しき存在か。確かに存在するかもしれない」

　かつてこの地には魔王と呼ばれる存在がいた。そして、その魔王が残したいくつもの遺産、魔道具が存在する。魔王の遺産だ。

　この類の魔道具は膨大な力を秘めている。何者かがそういった力を得て、別次元の存在としてこの世に蘇ることもあるかもしれない。

　だからイルミナの不安を杞憂として片づけるのは些か楽観的すぎる。力は必要かもしれない。今以上の力が。

「よし。登ろうか。この木を」

「ふん。わかればいいのよ」

　セリスは顔を背けた。俺たちは世界樹の大樹を登る。

　きっと、今以上の力が必要になる時が来る。だからこの行為はそのために必要なことなんだ。

やがて来るであろう熾烈な戦いのために。俺はそう考えるようになった。

「よし。じゃあ、登ろうか」

「「はい！」」

「ふん。やっとその気になったようね」

セリスは顔を背ける。そして俺たちは登り始める。

「うっ!!」

俺の目の前にはセリスがいた。俺は何となく、セリスがスカートのようなものを着ているのは認識していた。

しかしそれはそういう形状をしているだけで、本物のスカートとは思っていなかった。セリスのスカートのような、というかスカートなのか。それを真下から見上げることで純白の下着のようなものが目に入る。

というか、下着なのだろうか。

「どうかしたのかしら？　フィルド様」

セリスが声をかけてくる。動きの鈍くなった俺を怪訝に思ったのかもしれない。

「セリス姫……そのスカートの中は俗にいう、見せパンなのか？」

下着の中には、そういう見えてもいい下着というものも確かに存在する。

だから俺はその手のものであることを期待した。

「何を言っているのよ……。当然……はっ！」

セリスは顔を真っ赤にする。その表情だけで俺は理解することができた。

「は、穿き忘れたのよ。ショートパンツを」

「そ、そうか……つまりはただのスカートになってるということか」

とんだどじっこ姫だ。

「み、見ないでよ!!　変態!!」

セリスは顔を真っ赤にして叫ぶ。

「な、なんで俺が悪いみたいになってるんだよ!!」

「な、何を興奮しているのかしら!!　変態覗き魔!!」

「誰が興奮するかよ!!　そんなお子様のパンツが見えたくらいで」

「あてはお子様じゃないから!!　立派な淑女なのよ!!」

セリスは顔を真っ赤にして叫ぶ。

途中でそういうどうでもいいトラブルがありつつも、俺たちは丸一日かけて世界樹の大樹を登った。

「うわー。すごい綺麗です」

「見晴らしがとてもいいですね。フィルド様」

「ああ」

俺たちは頂上から見渡す。雲よりも高い場所から見下ろすということは生まれて初めてであった。

登るのは大変ではあったが、目に映る光景はその苦労が報（むく）われる気がする素晴らしいものであった。

「よし、帰るか」

「「はい!!!」」

「もうそのボケは聞き飽きたのよ!!　ここには結晶（クリスタル）を手に入れに来たんでしょうが!!!」

セリスに突っ込まれる。

「ああ。わかってるよ。どこにあるんだ?」

頂上に着いたとはいえ、もの凄（すご）い広いのだ、この空間は。

「多分こっちの方よ」

セリスに案内され、俺たちは世界樹の頂上の中央まで移動する。

◇

そこには緑色に光り輝く綺麗な石が存在していた。これが世界樹の結晶(クリスタル)か。

「わー。綺麗なクリスタルです。これを持って帰ればいいんですか!!」

「ええ。そうよ。これで目的は達成よ」

「とはいえ、下りるのも大変だなぁ」

「飛び降りれば一瞬じゃないの」

セリスは偉そうに言ってくる。

「ぺちゃんこになりそうだ」

俺は溜息を吐いた。

キイイイイイイイイイイイイイイイイイイイイイイイイイイイイイイ!!!

その時であった。甲高(かんだか)い声が聞こえてくる。

「なんだ？　この音は」

「これは……」

世界樹の大樹はもの凄い高所にある。それは地上に生きるものにとっては到達するのが困難な場所である。しかし、翼を持つものにとってはその限りではなかった。

天空から一匹のモンスターが現れる。巨大な鳥だ。恐らくは鷲(わし)だろうか。

大鷲(ビッグイーグル)。

キイイイイイイイイイイイイイイイイイイイイイイイ!!!

大鷲（ビッグイーグル）は甲高い声を出して俺たちに襲いかかってきた。

キイイイイイイイイイイイイイイイイイイイイイイイイ!!!

甲高い鳴き声が天空に響き渡った。大鷲（ビッグイーグル）が滑空する。そして、爪（つめ）の一撃が放たれる。

キイイイイン!!

剣で受け止めてかわす。その衝撃音が響き渡った。

「ひいいいいいいいいいいいい!!!　怖いのよ!!!」

セリスは大慌てしていた。

「落ち着け、セリス姫!!!」

もう動きは見切った。所詮（しょせん）はモンスターだ。大きいというだけで、行動はワンパターンだ。

キイイイイイイイイイイイイイイイイイイイイイイイイイ!!!

大鷲（ビッグイーグル）は甲高い鳴き声を発しながら再度、天空を滑空する。

「貰（もら）った!」

同じ行動パターンだ。俺は爪が届くよりも先に、大鷲（ビッグイーグル）を斬り裂いた。

キュエエエエエエエエエエエエエエエエエエエエエエエエエエエエエエエ！

奇声(きせい)をあげて大鷲(ビッグイーグル)は果てる。

「ふう……」

俺は剣を納める。

「あ、ありがとうなのよ。助かったのよ」

セリスは俺に礼を言ってきた。

「別にセリス姫を助けるためにやったことではない。身にかかる火の粉を払っただけだ」

「それでもあてが助かったことに変わりはないのよ」

「それより、結晶(クリスタル)だ」

「そうね」

俺たちは緑色に光る結晶(クリスタル)を手に入れた。それをアイテムポーチに入れる。

「よし。じゃあ、帰るか」

「「はい！」」

「とはいっても、帰るのも気が遠くなるけどな」

俺は眼下の光景を見て、気が滅入(めい)った。ここに来るまでかかった労力がまたかかるんだ。

「飛び降りれば一瞬なのよ」

「セリス姫、飛び降りてみるか？」

「全力で遠慮するわよ！」

「結局飛び降りられないじゃないか」

自殺行為もここに極まれりであった。俺たちは一足飛びに下りるのを諦め、丸一日かけてこの世界樹を下っていくことになる。

そして俺たちはドワーフ国へと戻っていくのであった。

「ぜぇ……はぁ……ぜぇ……はぁ……」

セリスは肩で息をする。最も体力を消耗（しょうもう）しているのは当然ながらセリスだった。俺を含め他の三人は息一つ乱れていない。対してセリスは既に半死半生状態であった。

「セリス姫……大丈夫でしょうか」

イルミナは苦笑する。

「がんばれ、セリス姫……もうすぐドワーフの国に着く。帰れるんだぞ」

俺はセリスを励（はげ）ました。ドワーフの国は目と鼻の先にある……。とはいえ、それは余力のある俺たちの話であり、既に体力の限界を突破しているセリスにとっては果てしなく遠い道のりであろう。

「もう限界なのよ……死にそうなの……天国に行ってしまいそうよ」

セリスは嘆く。

「しょうがないな……ほら」

俺はセリスを手招きする。

「ま、まさか……フィルド様。あ、あてにあの伝説のお姫様抱っこを……」

セリスは目を輝かせる。ロマンティックな展開を期待しているようだ。

俺はセリスをおんぶする。

「な、なんか違うのよ……」

セリスはまたもや嘆く。

「これじゃあ、ロマンの欠片もない……ただの親子みたいじゃないのよ」

「はぁ……色々と注文がうるさいな……文句があるなら歩いて帰るか？」

「い、いえ！　こ、これでいいのよ！　フィルド様！」

セリスは頭を振った。こうして俺たちはドワーフの国まで帰っていったのであった。

◇

「セリス様だ……」

「無事だったようだな……」

「ご無事で何よりです！　セリス姫！　そして、人間とエルフの方々！」

俺たちがドワーフの国『ダイガル』に戻ると、多くのドワーフ人たちからの注目を浴びた。

「フィルド様……いい加減、ここで降ろしてくれていいのよ。あては自分の足で歩けるのよ。

それに、みっともないじゃない」

「……そうか」

俺はセリスを降ろす。

「ご無事でしたか！　セリス姫！」

ドワーフ兵の一人が駆け寄ってくる。

「……ええ。見ての通りなのよ」

「それで、目的の素材は手に入ったのでしょうか？」

「それも問題なく手に入ったのよ。道中、色々と大変だったけど……」

「何にせよそれは良かったです。お父上であるドワーフ王も御身（おんみ）を心配されておられました。

早く顔を見せてあげてください」

「ええ……そうするのよ。早く、お父様に会って報告しないと……」

こうして俺たちはドワーフ王のもとに再度訪れることとなる。

◇

「おお～～～～～～～～～～～～～～～～無事だったか！　フィルド殿、ルナシス姫、イルミナ姫。そして我が娘セリスよ」

ドワーフ王は娘であるセリスを見るなり、持ち上げて、頬（ほお）ずりをした。

「み、見ての通り、無事なのよ……い、いたた……お父様、ひ、髭（ひげ）がくすぐったいのよ……もさもさしてて……」

ドワーフ王の顔は髭をぼーぼーと生（は）やしているので、セリスは頬ずりされるのを大変嫌がった。

「うむ……そうか、それはすまなかったな。セリスよ」

ドワーフ王はセリスを解放する。

「それでフィルド殿……旅の目的であった、伝説級の武器を作るための素材は手に入れることができたのか？」

「は、はい……ドワーフ王。この通りです」

俺は手に入れた二つの素材を見せる。氷結地獄（コキュートス）の氷結竜（フロストドラゴン）から入手した『氷結竜（フロストドラゴン）の牙』と、それから世界樹の頂上で手に入れた『世界樹の結晶（クリスタル）』だ。

「おお……これが『氷結竜（フロストドラゴン）の牙』と『世界樹の結晶（クリスタル）』か……実物を見るのは初めてだ。よくぞ手に入れてきた。誠に大儀であったぞ」

ドワーフ王は俺たちを労う。

「それでドワーフ王……約束の件ですが」

「勿論、覚えておる……。この二つを素材にして諸君らに伝説級の武器を鍛造してみせようぞ」

ドワーフ王はそう宣言した。ドワーフは直接の戦闘能力こそ低いが、器用な種族であり、特に鍛冶を得意とする。

「それではこの二つの素材を元に、すぐに作ってみせようぞ！」

こうしてドワーフ王の力により、二つの伝説級の武器が作られるのであった――。

「ふむ……それではセリスよ。この二つの素材を使い、武具を作るのだ！」

ドワーフ王はセリスに命ずる。

「セリス姫がですか!?」

ルナシスは目を丸くする。

「ふん……あてをただの足手まといのお荷物だとでも思ってたのかしら」

「正直……少しだけ」

イルミナは苦笑をする。

「ノーコメントで……」

俺は言及を控えた。

「何も言わない時点で、肯定しているようなものなのよ」

セリスは嘆く。

「見ているがいいのよ！　あての鍛冶の腕前を！」

セリスは金属製のハンマーを取り出す。そのハンマーはセリスの見た目とは不釣り合いなほど巨大な物であった。

カンカン！　キンキン！　カンカン！　キンキン！　カンカン！　キンキン！

「おお～」

俺は感嘆の声を漏らす。あの情けなかったセリスとは思えない程の手際の良さだった。

「まるで別人みたいです……」

イルミナは思わずそう呟く。

「……それは褒めてるのかしら！　けなしてるのかしら！」

両方だ。

「……全く」

セリスの鍛造により、二つの武器がこの世に生み出された。その二つの武器は輝かしい光を放ち、独特の存在感を持っていた。

「……これが伝説級の武器ですか」

ルナシスは感嘆混じりに声を漏らす。

「できたのよ」

一つ目の武器は剣であった。

「これは氷結竜(フロストドラゴン)の牙をベースに作った剣なのよ」

海のように蒼(あお)い剣がそこにあった。

「この剣の名は『アイス・ブリンガー』。氷属性でも最強の剣(つるぎ)なのよ！」

そう、セリスは小さな胸を張って主張する。

「「『アイス・ブリンガー』」」

俺たちは異口同音(いくどうおん)に声を上げる。

「そう。『アイス・ブリンガー』。その名が示す通り、この剣には氷属性の魔力が秘められてるのよ。氷結竜(フロストドラゴン)の素材を使用して作ったのだから当然のことではあるのだけれど……」

こうして俺たちはまず一つ目の伝説級武器として『アイス・ブリンガー』を入手した。


『アイス・ブリンガー』

氷属性最強の剣。氷結竜(フロストドラゴン)の牙をベースとして鍛造された剣。

剣の切れ味は鋭く、異常な程よく斬れるがそれと同時に氷結魔法(コールド)の効果により相手は氷漬(こおりづ)けとなってしまう、恐ろしい剣である。

「そしてもう一つ、『世界樹の結晶(クリスタル)』から作ったのがこの杖(ロッド)なのよ」

そう言って、セリスは魔術師(キャスター)用の杖(ロッド)を掲(かか)げる。その杖(ロッド)は形は普通の杖(ロッド)にしか見えなかったが、輝かしい光を放っている。確かに、世界樹の天辺で手に入れた結晶(クリスタル)が素材として使用されている様子だ。

「これは『賢者(けんじゃ)の杖(つえ)』なのよ」

「「『賢者の杖』」」

俺たちは口を揃(そろ)えて返す。

「……具体的に、どういう杖(ロッド)なんだ？　普通の杖(ロッド)とはどこが違うんだ？」

伝説級の武器というからには、普通の武器とは何かが違うのだろう。

「ふふん……。普通の杖はただ魔力を上げるだけなのよ……。この賢者の杖は大幅に魔力を上げることができる……のみならず、使用者は本来使えないはずの魔法まで使えるようになるのよ」

セリスは胸を張り、偉そうに説明する。自分の功績を誇らしげに主張したいようだ。まるで子供のように。

「……本来使えない魔法？」

「……そう。使用者の力量に応じて、失われた古代魔法とか、精霊術士や召喚士しか本来使えない魔法も使えるようになる可能性があるのよ」

「へー……凄い杖(ロッド)なんですね」

イルミナは感心した。

こうして俺たちは『賢者の杖』を入手したのであった。


『賢者の杖』

魔術師(キャスター)用の杖(ロッド)。

装備した者の魔力を底上げするのみならず、本来使えない魔法を使用できるようにする可能性のある杖(ロッド)。


「よくぞやった！　セリス！　流石はわしの娘だっ！　がっはっはっはっはっは！」

ドワーフ王は武器を鍛造した娘——セリスを褒め称(たた)えた。

「ふん……当然かしら。あての腕にかかれば、こんなこと、朝飯前(あさめしまえ)なのよっ！」

父であるドワーフ王におだてられて、セリスは有頂天(うちょうてん)になっていた。

「フィルド殿。この二つの伝説級武器をそなたたちに授けようではないか」

「ありがとうございます、ドワーフ王。喜んで頂きます」

俺たちはこうして、二つの伝説級武器を手に入れたのである。

「何、我々ドワーフの民を救ってくれたお礼だ。好きに使ってくれるが良い」

「フィルド様……」

ルナシスが俺に声をかけていた。

「ん？」

「……誰が装備しましょうか？」

「……俺にはこのエルフの国で貰った聖剣エクスカリバーがある」

俺は背中の鞘を指さした。この『聖剣エクスカリバー』は聖属性で世界最強の剣だ。唯一無二の剣である。これ以上の剣は考えられない。俺が『アイス・ブリンガー』を装備して、わざわざお蔵入りさせることもなかった。

「だから、ルナシス。この『アイス・ブリンガー』はお前が装備しろ」

ルナシスが装備している『オリハルコンブレイド』は上等な剣だし、高価な代物でもあるが唯一無二というほどではない。金を払えば入手できる程度のものだ。些か値は張るが。前に家が買えるくらいと言ったはずだが……。

しかし、値段のつけようもない、この『アイス・ブリンガー』とは比べ物にならない。こいつは唯一無二の武器であるし、この剣を装備しないのは実に勿体ないことであった。

「良いのですか……こんな貴重な剣を私が使っても」

「何を言っているんだ……ルナシス。お前のために作られたような剣だ。だからお前が使うのは自然なことだ」

「あ、ありがとうございます！　フィルド様！　大切に使わせて頂きます」

こうして『アイス・ブリンガー』はルナシスが装備することになった。

「そ、それでしたらフィルド様。この『賢者の杖』は……」

イルミナが言葉を挟む。

「ああ……イルミナ。この杖は魔術師用のものだ。俺たちでは宝の持ち腐れになる。是非、お前に使ってほしい」

「ありがとうございます、フィルド様……この『賢者の杖』。使いこなしてみせます！」

こうして『賢者の杖』はイルミナの手に渡り、彼女に装備させることになった。

「ふっふっふ！　あてに感謝するのよ！」

セリスは誇らしげだ。見るからに鼻高々であった。

「実際に素材を取ってきたのは俺たちだけどな……」

俺は突っ込む。些かセリスは調子に乗りすぎるところがあった。お調子者なのだ、このドワーフ姫は。

「ぐっ……それは確かに……そうなのよ。け、けど、あてはちゃんと素材のある場所まで案内したのよ」

セリスは自身がいかに今回、貢献したのかをどうしても主張したいようであった。

「……別に役に立ってないとまでは言わないが」

セリスのおかげでこうして二つの伝説級武器を手に入れることができ、俺たちの戦力が大幅に強化されたのは否定しようもない事実だ。

「うむ……これで褒美の件は終わりだな。改めて今回、ドワーフの国を救ってくれたこと、誠に大儀であった。皆の者。願わくばそのような力が必要ないことを祈るが……」

ドワーフ王はそう願ってくれていた。

しかしながら、なぜか胸騒ぎがした。何となく良くないことが起こる気配を感じていたのだ。すぐに今回手に入れた新しい力が必要な時がやってくる。そんな気がしていたのだ。

——そして、その予感は間もなく的中することとなる。

第二章　【魔人クロードとの闘い】

Pointgiftter

◇【魔人クロード視点】

それは薄暗い洞窟でのことだった。クロードは魔石を使用し、膨大な力を得た。そして人間を捨て、魔人へと変化したのであった。

「クックック……力が、力が漲ってくるぜ。今の俺なら何でもできそうな気分だ」

魔人となったクロードはその絶大な力に酔い痴れていた。当然ながらその力の矛先が良い方向に向かうはずもない。凶器の刃は罪なき人々へと向かっていくのであった。

「フィルドの野郎が今どこにいるのかはわからねぇけど……まあいい。適当に暴れてればそのうち姿を現すだろうぜ。何より、俺は今、猛烈にこの力を振るいたい気分なんだ」

力を手に入れたクロードはその力を試してみたくなった。絶大な力を手に入れた時、優位性を手に入れた時、人はどこまでも残虐になれるものだ。それは子供が蟻を見て踏みつぶすようなもので、恐らくは人間の中に潜んでいる本能的なものなのであろう。

「……出でよ。この俺様の忠実な僕」

魔人となったクロードはその膨大な魔力を利用し、四体の忠実な僕を作り出した。

上級悪魔だ。人間を遥かに超越した悪しき存在。悪魔。その中でも一段と力を秘めているのが上級悪魔である。

呼び出された四体の上級悪魔はクロードにかしずく。

『お呼びですか？　我が主クロード様』

『我々にどのようなご命令を』

上級悪魔たちは尋ねてくる。

「そうだな……これからお前たちには暴れ回ってもらおうか」

『暴れ回る？』

『それは我々にとって得意分野でございます』

『ですが、具体的にどこを襲撃するのです』

「人間の都。王都アルテアだ……そこを襲撃しろ」

『『『『はっ！』』』』

「ただ、注意事項がある。フィルドって糞ガキ、それからルナシスとイルミナっていう、女だ。この三人は殺さずに生け捕りにしろ。こいつらには何かと恨みがあるんだ。あっさりと殺しちまうんじゃ俺の気が済まねぇ」

　クロードは舌(した)なめずりをした。その不気味な眼(め)が怪(あや)しく光る。

「あのフィルドの目の前でルナシスとイルミナを徹底的に嬲(なぶ)ってやる。彼女たちを嬲り殺しにした後、自身の無力さを痛いほど思い知らせた後、あのフィルドの野郎を痛めつけて、生まれてきたことを後悔させて、それで殺してやるんだ」

　クロードは心底(しんそこ)恨みの籠(こ)もった声で言うのであった。

『了解しました。クロード様』

『では……そのフィルド、ルナシス、イルミナの三名に限っては生け捕りにするよう注意致します』

『それ以外の人間に関しては皆殺しということで』

　ニヤリ、と上級悪魔(ハイ・デーモン)は笑った。

「ああ……それで構わねぇ……それじゃあ、早速(さっそく)行ってこい。王都アルテアで大暴れをしてこい」

　クロードは上級悪魔(ハイ・デーモン)たちに命じた。

『『『『はっ！　クロード様！　必ずやあなた様のお力になります』』』』

　こうして、四体の上級悪魔(ハイ・デーモン)は王都アルテアへと向かうのであった。

　そして、王都アルテアでの騒動(そうどう)はすぐに広がっていく。ドワーフの国にいるフィルドたちのところまで、その情報が伝わるのは一瞬のことであった。

「ところでフィルド殿よ……この後の予定はどうなっておる？」

俺たちはドワーフ王にそう聞かれた。

「……特に予定はないです」

俺は答える。大方（おおかた）の用事は済んだ……。ドワーフ国を脅（おびや）かしていた盗賊（とうぞく）たちの問題も一応は片付いた。そして、ドワーフ王が言っていた褒美（ほうび）の件――伝説級の武器を授けてもらうために素材を取ってくるという用件もクリアした。

特別、この後の予定などなかった。

「ぐっふっふ……それならばこれをやらぬか、これを」

ドワーフ王はジェスチャーをする。杯（さかずき）を上げるジェスチャーだ。要するにドワーフ王は酒を飲みたいようだった。

「は……はぁ……」

「フィルド殿……お主は飲める口かの？」

「……まあ、人並みには」

「では、よいではないか。我々ドワーフと杯を交わそうぞ」

とはいえ、どうすればいいのか。俺はルナシスとイルミナと同行しているのだ。こうやってドワーフの国を訪れることができているのも、エルフである彼女たちの存在が大きい。彼女たちの意見も聞かなければならなかった。

「だ、そうだけど。どうする、ルナシス、イルミナ」

「良いではないですか……フィルド様。この後の予定は特別何もないのですから」

そう、ルナシスは答える。

「そうです。ドワーフ王からのお誘いを断るのも忍びないですし……」

イルミナもそう答えた。特に、二人は否定的ではない様子だった。

さて、どうするか。

「わしらの酒に付き合ってくれるのなら。ドワーフの国でしか味わえない、特上の酒を振る舞ってやるぞ」

ドワーフの国でしか味わえない特上の酒……。その言葉には多少とも惹かれるものがあった。

ドワーフは小柄な体にも拘わらず、酒豪として知られる種族である。普通、身体が小さいとすぐに酔ってしまって、大量に飲めないようだが、ドワーフに限ってはそうではない。

恐らくは体内の解毒能力が高いのであろう。それ故に大量に飲酒してもなかなか酔わない。

だからか、ドワーフは酒好きとして知られる種族でもあった。そしてもっぱら、皆で杯を交わす、宴会のような文化を特に好んでいるのである。

ドワーフの国では盗賊問題が片付き、危機から逃れることができたこと、そして俺たちの帰還を祝して、酒を飲み交わす宴会が行われていた。というのは建前であり、本当は理由なんてどうでも良かったのであろう。ドワーフ王はそうした理由にかこつけて皆と酒を飲み交わしたかったのだ。

そんなわけで、断るだけの理由もない俺たちはドワーフ国の宴会に参加することになったのだ。

◇

「それでは皆の者！　杯を持て！　まだ杯が空のものはおらぬか！　いたら申し出よ！　その杯を特上の酒で満々と満たしてやろう！」

ドワーフ王はそう皆に向けて言い放つ。会場には多くのドワーフたちがいた。兵士たちも数多く、この宴会に参加している。それぞれその小柄な体には不釣り合いな、巨大な杯を手にしている。皆、朗らかであった。

盗賊騒ぎが解決したことを喜んでいる部分もあるかもしれない。だが、俺が思うに皆、ドワーフ王と同じく、酒が飲めることを喜ばしく思っているのだ。まあ、そんなもんである。別に何でもいいが……。

俺たちもまた、大きな杯になみなみと酒が注がれるのであった。

ドワーフの姫であるセリスも同様だった。

皆が押し黙る。早く酒を飲ませろ……御託はいいから早く。ドワーフ王の手前、そう明言する者はいないが、目と雰囲気でそう語っていた。

どれだけドワーフたちは酒を飲みたいのか、呆れて物も言えなかった。

「それではドワーフ国を悩ませていた盗賊問題の解決、及び英雄であるフィルド一行の偉業を祝して、乾杯！」

ドワーフ王はそう宣言し、近くにいた者と杯を打ち鳴らす。カ――――ン！　という澄んだ音が響く。

「「「「かんぱ――――――――――――――――い！」」」」

カン！　カン！　カン！

至る所で杯が合わされ、小気味いい音がするのであった。

ぐびっ！　ぐびっ！　ぐびっ！

俺の隣にいるセリスは勢い良く、杯の酒を飲み干した。一気飲みだ。

「ぷっはあ――――――――――――！　生き返るのよっ！」

何となく、セリスの言動はとてもおっさん臭いように感じられた。まあ、どうでもいいんだが。

「姫様……ささ、もう一杯」

「当然なのよっ！　あてがこの程度で満足するわけないじゃないっ！」

ドワーフ兵に酒を注がれるセリスであった。背後には大量の酒樽が積まれている。まさかあれを全て今夜中に飲み干すつもりなのか。

ドワーフは酒豪の種族だとは聞いていたが、まさかこれ程までとは思ってもいなかった。もはや言葉も出てこない。

「ははは……流石はセリス姫です」

イルミナは苦笑する。ともかく、こうしてドワーフ国での宴会が始まったのであった。

「……どうだ？　フィルド殿。飲んでいるかね？」

ドワーフ王が直々に俺の杯に酒を注ぎにやってきた。どうやらドワーフの国では酒を注いで回る文化があるらしい……。

「ええ……程ほどにですが」

酒なんてものは飲みすぎれば毒になる。これでも酒に強い方だという自信はあるが、それでも限度がある。いくら大量に飲んでも酔わないという自信は流石になかった。

「……それはいかんな……フィルド殿。程ほどではいかん。このドワーフ国特産の酒を存分に堪能してもらわねば」

ドボドボドボドボ。

俺が持っている巨大な杯がドワーフ王の手により、大量の酒で満たされていく。それはもう、満タンになるくらい。これだけ飲めば明日はもう、まともに動けないかもしれない。何事も起きないことを祈ろう。神に祈るより他ない。世界が平和であるように。

「……ところでフィルド殿。エルフ国のルナシス姫とイルミナ姫は、これなのか？」

これ……。小指を立ててくる。ドワーフといえども、やはり人間と同じようにそういう俗な話題に関心があるのだろう。

はぁ……。と、俺は溜息を吐く。

「……いえ、特にそういうわけではないですが……」

「そうか、それを聞いて安心したぞ」

ドワーフ王はほっと胸を撫で下ろす。なぜ、ドワーフ王がそう聞いて安心するのか。俺には理解が及ばなかった。

「フィルド殿……ドワーフ国を危機から救ってくれたそなたをわしは高く買っておる。もはやそなたが人間であることなど瑣末な問題だ」

「……は、はぁ……。そうですか。恐縮です」

「ところでフィルド殿。わしの娘であるセリスのことをどう思う？」

「どうって……」

余計なことを言うわけにもいくまい。相手はドワーフの王であり、セリスの実の父親だ。そつなく、無難なことを言っておこう。俺はそう決めた。

「小さくて実に可愛い女性だと……」

おまけに大酒飲みでドジなところもあるし……手間がかかる奴だけど。という本音を俺は呑み込む。俺だってもう無邪気な子供じゃない。これが大人の振る舞いというものだ。

「うむ……そうか。それは良かった。フィルド殿。そなたもセリスのことを気に入っているのだな」

「は、はぁ……」

何となく、話の雰囲気が危うくなってきた。

「どうだ？　フィルド殿。良ければ我が娘――セリスを娶り、ゆくゆくはドワーフ国の王とならぬか？」

ぶっ――――――――――――――！

俺は盛大に酒を吹き出す。

「お、お父様！　な、なんてことを言っているのよ！」

セリスは顔を真っ赤にする。

「……ドワーフ王、酔っているんですか？」

酔った上での話だというなら、ただの冗談として受け流せば良いだけのことだった。

「がっはっは！　流石はフィルド殿。面白いことを言うのう。わしがこの程度の酒で酔うわけがなかろうて」

ドワーフ王は笑い飛ばす。つまりは真面目に言っているのか。

「な、何を言っているんですか……ドワーフ王。セリス姫の気持ちというものがあるでしょう」

娶る。つまりは結婚ってことか。冗談ではない。誰が相手でも嫌だ。結婚とはつまりは見えない鎖で縛られ、その相手、あるいは場所に一生縛られるような契約をすることをいうのだ。

そんな契約はまっぴらごめんだった。

俺にはまだ見たい景色、行きたい場所が沢山あるんだ。ドワーフの国には来てみたかったが、決して俺は永住したくてこの地を訪れたわけではないのだ。

観光というのは一時のものだから楽しいのだ。ずっと居れば段々と飽きてくるに決まっていた。

「わしとて娘は可愛い。だから娘の嫌がる相手に嫁がせようとまでは思わぬ……。セリスはあれでもお主のことを気に入っているようだぞ。父親であるわしにはその程度のことお見通しなのだ」

「お、お父様！　そんなこと言っちゃダメなのよっ！　あ、あて……恥ずかしいのよ！」

セリスは顔を真っ赤にしてもじもじとした仕草をする。

……逃げ出したい。こんな展開、前にもあったな……。そうだ。あれはエルフの国での出来事だ。あの時、俺はエルフの国から逃げ出したが、今は状況的に逃げ出せそうにもない。

「どうだ？　……娘であるセリスも、口ではああ言っているが本心ではまんざらでもない様子だぞ」

「い……いえ……それはちょっと。その……俺にはまだ早いっていうか。そういうことはまだ考えてないというか……」

俺は歯切れの悪い言葉を返す。

――というか、さっきからルナシスとイルミナの姿がないな。こういう話題の時には、真っ先に首を突っ込んできそうな、そんな印象があるのに。

「そういえば……どこに行ったんだ、あの二人」

俺は周囲を見回す。

「ん？」

何やら遠くでドワーフ兵が騒いでいるのが見えた。

「良いぞ！　二人とも、良い飲みっぷりだ！」

「ひゅーー！　ひゅーー！　惚れ惚れとする飲みっぷりだ！　とても女とは思えないぜっ！」

「エルフにしておくのが勿体ないくらいだぜっ！」

見ると、ルナシスとイルミナの二人が杯を飲み干していた。どうやら二人で競い合っているようだ。仲の良い姉妹のように見えるが、どこかライバル心というものを持っているのかもしれない。

俺には兄弟がいないため、実感としては理解できないが……。兄弟や姉妹というのはそういうものなのだろう。

「ぐぴっ！　ぐぴっ！　ぐぴっ！　はぁ……はぁ……お姉様、もう限界ですか。その程度とは思いませんでした」

杯を飲み干し、イルミナがルナシスを挑発しているようだった。イルミナの目が据わっている。相当、飲んだのだろう。

「ぐぴっ！　ぐぴっ！　ぐぴっ！　ふうっ……。何を言っているのですか、イルミナ。姉を見くびるんじゃありません……。これしきでは到底満足できそうにありません」

ルナシスも杯を飲み干した。彼女もまたイルミナと同様、目が据わっている。相当に飲んでいる様子だった。

もういい……なんだか俺も、もうどうでも良くなってきた。

「どうだ？　フィルド殿。真剣に考えてはくれぬか？」

俺は杯に口をつける。

ぐぴっ！　ぐぴっ！　ぐぴっ！

俺は酒を口にする。どころではない。もはや一気飲みだ。大量の酒を一気に口に流し込む。

「おおっ！　実に見事な飲みっぷりだっ！　流石はわしが見込んだ男だぞっ！」

ドワーフ王は俺の飲みっぷりを褒めちぎってきた。

「ぷはーっ！」

もういい。ヤケクソだった。俺が酔い痴れて思考回路を麻痺させればもはや話にもならないだろう。

そうすればこの場を誤魔化して切り抜けられる。セリス姫との縁談などまっぴらごめんだ。

このままやり過ごして、明日にはこのドワーフ国を去ってやる。

俺は内心そう誓い、再び注がれる杯をまた飲み干すのであった。

思惑通りに俺の思考回路は段々と鈍ってくる。流石にこうも大量に飲むと弱くなくても、酔いが回ってくるのは当然だった。

◇

こうして楽しい（？）宴会の時間は過ぎていくのであった。

翌朝の有様は散々なものであった。

ZZZZZZZZZZZZZZZZZZZZZZZZZZZZZZZZZZ

「ぐー、ぐがー……ぐー……ぐがー……」

「もう食べられないのよ……お腹いっぱいなのよ……」（セリスの寝言）

「フィルド様……ダメです……こんなところで私を求めてくるなんて……は、恥ずかしいです……皆見てますぅ……」（ルナシスの寝言）

「……むにゃむにゃ。そんな……フィルド様。お姉様より私の方がいいだなんて……私……嬉しいです……私を選んでくれて……むにゃむにゃ」（イルミナの寝言）

「ぐー……がー……ぐー……ぐふふっ！　フィルド殿……ついに心を決めてくれたか……我が娘セリスをよろしく頼むぞ……こ、これで我がドワーフの国の未来は安泰だ……がっはっはっは……ぐー、がー……ぐー……がー……」（ドワーフ王の寝言）

「うっ……ううっ……飲みすぎた……頭が痛い……ううっ」

俺は頭痛を感じながら目を覚ます。そして、その散々な状況を目の当たりにした。俺は思わず頭を抱えざるを得なかった。ドワーフ王もセリスもルナシスもイルミナも。そして数多のドワーフ兵たちもみっともなく雑魚寝していたのだ。

「はぁ……酷い有様だ」

俺は溜息を吐いた。俺たちは酔いつぶれて眠ってしまっていたのだ。酔っ払いにはよくある顛末（てんまつ）であった。それ自体はどうでも良かった。問題なのはこれから起こる出来事である。

「た、大変です！　ドワーフ王！」

一人のドワーフ兵が宴会場に駆け込んでくる。

「ん？　なんだ？　騒々（そうぞう）しい」

ドワーフ王が目を覚ます。それに釣られるようにして、他の者たちも目を覚まし始めた。

「な、なんなんですか……朝から騒々しい」

「一体……何が……」

ルナシスとイルミナも目を覚ます。

一人を除いて。

「ぐがー……ぐがー……むにゃむにゃ。こんなに沢山、食べきれないのよ。で、でも、あて……幸せなのよ」

そう、セリスである。

「セリス姫！　起きてください！　どうやら何かあったようですよ！」

ドワーフ兵に起こされ、セリスは渋々（しぶしぶ）目を覚ます。

「な、なによ。あて……気持ちよく眠ってたのに……な、なんで起こすのよ」

「どうやら何かあったようです。とにかく起きてください」

「ぐす……仕方ないのよ」

　こうしてようやくその場にいた全員が目を覚ますことになったのだ。そして、やっとのことで本題へと移っていくことができる。

「い、一体なんだ？　何かあったのか？」

　飛び込んで来たドワーフ兵に対して、ドワーフ王は尋ねる。

「そ、それがドワーフ王！　た、大変なのです！　とにかく大変なのです！　大変なことがあったのですっ！」

「だから、何がどう大変なのかを詳しく説明せい。ただただ『大変』と連呼されても何がどう大変なのかちっとも理解できんわいっ！」

　ドワーフ王はドワーフ兵を叱責する。

「まずは深呼吸をして落ち着け……本題はそれからだ」

「そ、そうですね。すぅー、はぁー……すぅー……はぁー」

　ドワーフ兵は深呼吸を何度か繰り返し、落ち着きを取り戻す。

「ドワーフ王、どうやら人間の都が良からぬ者により襲撃を受けているようです」

「人間の都を良からぬ者が襲っている？　なんだ？　その良からぬ者というのは」

　人間の都、とは恐らく俺たちが行っていた王都アルテアのことであろう。あの王都はたびたび騒乱に巻き込まれているが、今回もまた巻き込まれているようだ。

「怪物には違いありませんが、ただの怪物ではないようです。恐らくは魔王の力を受け継ぐ、悪しき存在ではないかと推測されます」

「ふむ……悪しき者かの」

ドワーフ王は首を傾げる。

「いかがされますか？　フィルド様」

ルナシスは聞いてくる。

「王都には『白銀の刃』、レナードが率いているギルドが存在している……それに、警備兵だっている」

あのクロードが起こしたバハムートによる騒動が思い出される。あの時はバハムートがあまりに強力すぎたため、自衛機関はほとんど機能しなかったが……。それでも大抵の相手ならば十分に対処し得るはずだ。

だが、それならばこうして種族の垣根を越えて、ドワーフの国『ダイガル』にまで話が届いているというのはおかしなことであった。対処できていないからこそ、話が広がっていると考えられた。

今なお王都アルテアは何者かの脅威に晒され続けている。そう考えた方が自然であろう。

「だけど、王都に備わっている自衛機能で何とかなっているならこうしてドワーフの国にまで話が伝わってくるのはおかしなことだ」

災いの炎は未だに治まっていないのだろう。

「一体、何者なのでしょうか？　王都アルテアを襲っている者は……」

ルナシスが聞いてきた。

「わからない……この場で考えていたってわかることなんて限られている。その場に行ってみないと……」

ただ何となく、ざわざわとした胸騒ぎを覚える。嫌な予感がしている。そしてそれはこの間、崖(がけ)から落ちて死んだと思われるクロードと何か関係があるのではないか、そんな気がしてならないのだ。

まさか……あいつが生きているとでもいうのか。だが、仮に生きていたとしても一体、どうやってこれ程のことができるというのだ。

あいつは俺が『経験値分配能力者(ポイントギフター)』として授けていた膨大な経験値をとうに失っているというのに……。

盗賊にまで身を落とし、人々から金品を巻き上げることでしか生きながらえることができなかったあいつに。

だが、あり得る話ではあった。クロード自体には何の力もなかったとしても、借りてくればいいのだ。『経験値分配能力者(ポイントギフター)』として俺が授けていた経験値という仮初(かりそめ)の力。王都で見せたバハムートという、他者による絶大な力。

同じように、借り物の力ならば何も持ち合わせていない今のクロードでも振るうことができるだろう。

今回もその可能性は十分に考えられた。だとすれば今回王都を襲ってきたのも、奴に関係する者ということになる。その狙（ねら）いは何なのか……。

奴が俺に一方的な恨みを募（つの）らせているのは明白だった。今回も俺を狙っての凶行なのかもしれない。

「ともかく、このまま放っておくわけにはいかない。王都を襲撃している者は王都の自衛能力を上回るような相手だとみるのが妥当（だとう）だからだ……今王都に存在する戦力だけでは対処できないだろう」

「わかりました。フィルド様」

「私たちも王都に向かいます」

ルナシスとイルミナはそう言った。襲撃者の戦力の底が知れないとなると、二人にも同行してもらった方がベターだ。二人には新たに入手した伝説級武器もある。こんなにも早くその出番があるとは思わなかったが……その真価を試す機会（チャンス）がやってきたというわけだ。

「あ、あても行くのよ……げ、げぷっ！」

セリスは大きなげっぷをした。女性だというのにいかがなものか……。品がなかったがどことなくセリスらしくもあり、可愛げがあるようにも感じられたので別に良いが。

「ううっ……昨日飲みすぎたのよ」

俺は溜息を吐いた。

「イルミナ……状態異常回復魔法をかけてやれ」

「わ、わかりました」

イルミナの魔法により、セリスの二日酔いは治される。

「あ、あてもついていくのよ！」

「危険だぞ……遊びじゃないんだ。戦場では自分の命は自分で守るというのが大前提だ。それすらできないならただの足手まといにしかならない」

「わかってるのよ。それくらい。けどあてだってきっと皆の力になれると思うのよ」

「ついてくるっていうなら止めはしない……勝手にすればいい。だけどドワーフ王、良いのですか？」

戦地には危険を伴う。場合によっては命の保障もできない。

「う、うむ……セリスは可愛い娘だ。だが、娘である以前に一人のドワーフでもある。わしは娘自身の意思を尊重してやりたい」

「お父様……」

「セリスよ……気をつけて行ってくるのだぞ」

「は、はいお父様」

二人は感傷的な別れを告げる。

「……それじゃあ、行ってくるのよ。お父様」

セリスはその身体とは不釣り合いな程に大きな鉄製のハンマーを携えた。それがセリスの武器のようであった。

こうして俺たち四人はドワーフ国を出発し、王都アルテアへと向かうのであった。

◇【レナード視点】

それは王都アルテアの王城での出来事であった。レナード率いる『白銀の刃』は国王から褒賞を受けていたのだ。それは懲罰を受けていたかつてのトップギルド『栄光の光』とは対照的な立場であり、出来事であった。

「よくぞやってくれた……『白銀の刃』の面々、そしてその代表としてレナード殿。そなたたちの活躍により、王都アルテアの平穏は守られた」

王都アルテアを襲ったバハムートによる危機を救った功労者として、『白銀の刃』は称えられていた。だが、その本当の功労者が自分たちではないことを彼らは誰よりも知っている。本当の功労者であるフィルドたちは本来称えられる立場であるにも拘わらず、早々に王都を去っていったのだ。

「……国王陛下。我々を称えてくれるのは大変喜ばしいことです……ですが、本当の功労者は我々ではない。フィルドという青年です」

　国王の目の前でかしずいているレナードはそう進言した。

「わかっておる……フィルド殿だろう」

　以前、国王はドラゴン退治をした褒賞の際にフィルドに会っているのだ。つまり国王とフィルドは面識があった。

「彼が王都の危機を救ってくれたことは十分に理解している。だが、君たちが王都を危機から救うために尽力してくれたことは確かだ。故に君たちを労わないわけにもいかない。もしまたフィルド殿がわしの前に姿を現した際には改めて褒賞を授けるつもりだ」

　国王もまた事実を正確に理解しているようであった。決して誤解してレナードたち『白銀の刃』を称えようとしているわけでもないのである。

「彼は今どこで何をしている？　レナード殿。何か知っていることはないか？」

「……詳しくは知りません。あのバハムートとの闘いの後、間もなく彼は王都を去りましたから」

「……そうか」

「発言をお許しください、国王陛下」

　同席していたギルド員の一人が口を挟む。

「なんだ？　何か申したいことでもあるのか？」

「はい……聞いた話では王都の騒乱の後、フィルド殿が一度戻ってきたことがあるそうなんです」

「……な、なんだと！　それは真か⁉」

「は……はい。あくまでも聞いた話ではあるんですけど……」

「一体、何をしにこの王都に戻ってきたのだ？　彼は今どこにいるのだ？」

「……それを聞かれても。私としてもあくまで聞いた話ですので……詳しいことまでは」

「ふ……ふむ。そうだな。すまない」

（フィルド君が王都に……）

レナードは再びフィルドと面会する機会があるのではないかという予感を期待感とともに覚えた。だが、それは別にフィルドを再び『白銀の刃』に勧誘しようとか、そういった未練があるからなのではなかった。単にフィルドという人物を好ましく思っており、再会できる機会があるのならばそれはとても喜ばしいことだと思っている……というだけのことであった。

「こほん……話がそれたな。ともかくこの度の活躍、誠に見事であった。ギルド『白銀の刃』の面々よ。諸君らの活躍により救われた命も多い。その活躍と貢献を我々は称えよう」

「はっ、ありがとうございます国王陛下。ありがたき幸せに存じます」

代表してギルド長であるレナードが答える。

「諸君らの活躍と国の平和を祝し、ささやかながらパーティーを開くことにした。都合が合えば是非参加してくれたまえ」

既に『白銀の刃』には相当額の報奨金が支払われている。その上、祝いの席まで設けてくれるというのだ。国王からの誘いを断るわけにもいかずに面々はそのパーティーに参加することとなる。そしてレナードはそのパーティーである人物と出会うのであった。その人物とは国一の美姫と噂されるベアトリクスという一人の少女であった。

◇【レナード視点】

「はぁ……」

レナードは溜息を吐いた。王族が主催するパーティーということで普段のような野暮ったい恰好では参加できるはずもない。女性はドレスに着替え、男性はタキシードを着用している。無論、レナードとて例外とはならない。正装というのは何かと肩肘を張るものであるし、王族や貴族たちと接するのは気疲れするものであった。精神的疲労を覚えたレナードは一人カフェテラスに出て、外の景色を眺めていた。そんな時であった。

「あら？　……パーティーは退屈ですか？　『白銀の刃』のギルド長であるレナード様」

「あ……あなた様は」

レナードの目の前にはドレスを身に纏った美しい少女。会場で数多の男性の視線を独占して

いた、一人の美姫が立っていた。褒賞を授けてくれた国王陛下の実の娘である。

「べ、ベアトリクス様……」

そう、彼女の名はベアトリクスというのである。国中で知らぬ人などいない、美しい姫だ。

その美しさは他国にも知れ渡っていた。単に美しいだけではない。教養が深く、学問にも秀で、自身の美しさや恵まれた立場に慢心することのない才女として、広く知られているのであった。

「い、いえ……決して退屈しているとかいうわけではないです……ただ少々苦手で」

「くすくす……無理をされなくてよいのですよ。私もああいう堅苦しい場所は苦手です。出されている料理はどれもシェフが腕によりをかけたもので、見た目も美しいですが……ろくに食べている暇もありませんもの。あれではもはや観賞用の料理でしかありませんわ」

「は……はぁ……おっしゃる通りです」

さっきまでレナードの武勇伝を聞きたいと、彼の周りには多くの貴婦人が集まってきていた。レナードとしても冷淡な対応をするわけにもいかずに、会話に付き合わなければならない。その結果、もはや料理に手をつけている暇などなく、空腹のまま過ごすより他なかったのだ。

「そうでしょう……ですからこれをどうぞ」

「これは……」

「会場にあったサンドウィッチです。これならば手軽に食べられるでしょう」

「良いのですか？　……あ、ありがとうございます」

レナードはベアトリクスからサンドウィッチを受け取った。そして早速頬張る。美味い。会場にはもっとおいしい手の込んだ料理が沢山あるのかもしれないが、空腹というのは何よりものご馳走でもある。要するに腹が減っていれば大抵の物はおいしく感じるものだ。レナードの空腹がおさまったのを確認し、ベアトリクスが話を切り出してきた。

「それでレナード様。私に聞かせてはくれませぬか……あの日。王都が騒乱に陥った時の話を……。あなた様の英雄譚を私もまたお聞きしたいのです」

相手が美姫ベアトリクスというのはやはり緊張するものではあるが、それでも幾人もの貴婦人から詰め寄られるよりは幾分かは落ち着いて話ができる。

「……私には英雄譚など話せませんよ。なぜなら私は英雄ではないからです。あの日王都で起きた騒乱を本当に鎮めたのは私ではなく、ある一人の青年でした」

「そうなのですね……その本当の英雄はことが終わったあと一体、どこに行かれたのでしょうか？　王都に留まっていれば相応の褒賞や名誉を授かったでしょうに」

「彼がその後どうしたのかはわかりません……彼はことが終わると同時に風のようにその場を去っていったのですから」

「随分と欲のない方ですのね……その英雄の名はフィルド様とおっしゃるのでしょう。風の噂に聞いたことがあります」

「ええ……そうです。経験値分配能力者という能力を持った青年です」

「英雄フィルド様……機会があれば是非お会いしてみたいですわ」

ベアトリクスはこの場にはいない本当の英雄の姿を夢想していた。

「ええ……私ももう一度会ってみたいものです」

レナードは相槌を打つ。

――そんな他愛もない話をしていた時のことであった。

「ギルド長！」

突如、レナードの部下であるギルド員の一人が飛び込んで来た。

「……どうした？　何かあったのか？」

レナードは尋ねる。

ベアトリクスがいるにも拘わらず、ギルド員は目もくれなかった。彼女がこの場にいることすら気がついていないのかもしれない。

「た、大変であります！　大変なことが起こりました！」

ギルド員は随分と慌てている様子であった。

「落ち着け。落ち着いて状況を話せ。具体的に何があった？　緊急時であればあるほど冷静にならなければ事を仕損じるぞ」

「は、はい……申し訳ありません。ギルド長」

落ち着きを取り戻し、ギルド員は語り始める。

「王都に四体の恐ろしい化け物が襲いかかってきました。現在、警備兵が対応していますが、とても対処できそうにないようです」

「な、なんだと！」

流石のレナードもその報告を聞いて、動揺を隠しきれない様子であった。

「すぐに現場へ向かう。他のギルド員も王都にいる者は全員、対応に当たらせろ」

「は、はい！　わかりました！」

ギルド員は駆け出していく。

「申し訳ありません……ベアトリクス様。私も向かいます」

「国の有事に何もできず申し訳ありません……レナード様。あなた様のご武運を祈っております」

ベアトリクスに見送られ、レナードは戦地へと赴くのであった。

◇

「ぜぇ……はぁ……ぜぇ……はぁ」

セリスは必死に走っているが、俺たちの走る速度についてこれていなかった。戦地となっている王都アルテアへと向かう道中のことであった。だが、セリスは汗だくだくで、死にそうな顔をしていた。まだ王都にたどり着いてすらいないのに、死にかけていては先が思いやられた。

「あ、足が速すぎる……は、速すぎるのよ……ぜぇ……はぁ……ぜぇ……はぁ」

だが、俺たちも速度を緩めている場合ではない。セリスのために休んでいる余裕などないのだ。

「……ついてこれないなら置いていくぞ。俺たちは今、ピクニックに向かっているわけではないからな」

俺は言い放つ。冷たく思われるかもしれないが、王都は今も襲撃者による脅威に晒され続けている……と考えた方が現実的だ。時間が過ぎれば過ぎる程、誰かが命を落としていく。そう推測された。人の生き死にがかかっているのだから温いことは言っていられない。

「……はぁ……はぁ……はぁ……わ、わかっているのよ」

「フィルド様、見てください」

ルナシスが指を指す。

「王都が見えてきました」

一生懸命に走ってきた結果、俺たちは割と早く現場に着くことができそうだった。遠くにではあるが、肉眼で見えるところまで王都に近づくことができた。

「もうすぐだ……もうすぐ着くぞ、セリス姫。頑張れ」

俺はセリスを励ます。

「わ、わかってるのよ……ぜぇ……はぁ」

　こうして俺たちは王都アルテアにたどり着くことができたのだった。そして、そこで俺たちは思いもしない再会を果たすことになる。

「……ぜぇ……はぁ……ぜぇ……はぁ……や、やっとなのよ！　や、やっと着いたのよっ！　ぜぇ……はぁ……ぜぇ……」

　セリスは地面に寝転がって脱力していた。まるでマラソンを走り切った走者(ランナー)のようだ。

「やったのよ……やっと着いたのよ……ぜぇ……はぁ」

「セリス姫、何をやり遂(と)げたつもりになってるんだ！　本番はこれからだぞっ！」

　俺はセリスを叱責する。

「わ、わかってるのよ……そ、そんなことくらい。本当、これで終わりになってくれたらどれほど幸せなことかとは思うけど……」

　セリスは渋々立ち上がった。王都は想像通り、混乱していた。あの日、バハムートが現れた時と同じように。

「は、早く、早く逃げるんだ！」

「ど、どけ！　邪魔だ！」

多くの人々が逃げ惑っている。

「うわあああああああん！　おかあさーん！　うあああああああああん！」

人混みに紛れ、はぐれてしまった迷子が泣き喚いている。

「思った通りだな……やはり王都は危機に陥っているようだ……あの日のように」

何となくクロードの存在を思い出す。奴は川に落ちたが死亡したのを確認したわけではない。もしかしたらどこかで生きているのかもしれない。だが、そのことと今王都を何者かが襲撃していること。この二つを論理的に結びつけることはできなかった。断定はできない。何となくそんな予感がしているというだけだ。クロードの仕業ではないこともあり得るが……。

「一体、どんな存在が王都を襲っているのでしょうか……何の目的で」

ルナシスは目の前の惨状を嘆いていた。

「そんなこと、今ここで考えても仕方がない……とにかく先に進もう。今俺たちがやるべきなのは原因を究明することじゃない。この騒乱の元を絶つことだ」

「その通りですね……」

俺たちはその元をたどるために王都を歩き回ることとなる。

◇

「うっ……ううっ」

幾人かの警備兵、それから冒険者ギルドのギルド員が道に倒れている。既に息絶えている者も幾名か存在していた。残念ながらもう救ってやれる方法も余裕もない。

「あ、あれは……あの紋章(もんしょう)は見たことがある」

負傷していた冒険者数名。彼らの服には共通したエンブレムがつけられていた。プラチナの色をした剣のエンブレム。あのエンブレムは『白銀の刃』のギルド員である証(あかし)だった。

「え？」

「間違いない。『白銀の刃』、あのレナードが率いているギルドの紋章だ。彼らはそのギルド員だ」

俺は負傷者に駆け寄る。

「……イルミナ。回復魔法(ヒーリング)をかけてやってくれ」

「わ、わかりました。フィルド様」

イルミナは負傷者に回復魔法(ヒーリング)をかける。傷が癒(い)えた負傷者は問題なく話せるようになった。

本来ならば全員を治療して回りたいところだが……今はそうしている暇(いとま)はない。危機的な状況において命には優先順位というものが存在する。少数の命を見捨てることで多くの命を助けられるのだとしたならば、時には冷酷に見切りをつける必要性も存在していた。それが戦場というものだ。残酷ではあるがそれもまた現実だった。彼を助けたのは慈悲からではない。情報を聞き出したかったからだ。

「あ、ありがとうございます……あ、あなたは……フィルド様ではないですか」

「俺を知っているのか……」

「え、ええ……あなたたちは私のことを覚えてはいないでしょうけど、私もあの時、あの暗黒の竜が王都に現れた場所に居合わせていましたから」

「……そうか。あの時あの場にいたのか。それより、聞きたいことがあるんだが……ここで何があった？　『白銀の刃』は今ではもうこの国のトップギルドだ。それに王都には警備兵だっている。それなのにこんな惨状に陥っているってことは手に余る何者かがこの王都を襲っているということなんだろう？　一体、何があったんだ？　どんな化け物がこの王都を襲っている？」

「あ、悪魔のような化け物です。突然現れた四体の悪魔は人間に襲いかかりました。当然のこと、私たち『白銀の刃』のメンバー及び王都の警備兵たちは自衛のため、応戦に当たりました。しかし、悪魔たちの力は凄まじく、こうして国民の避難のために時間を稼ぐのが精一杯だったのです」

「そうか……悪魔みたいな化け物。それが四体だな？」

「は、はい……四体です」

「その悪魔はどこにいる？」

「あっちの方です。しばらく行った先で我々のギルド長であるレナード様が闘っています」

ギルド員は指さした。

「わかった。ありがとう」

俺たちはその先へと向かうのであった。

「フィルド様……お気をつけていってらっしゃいませ」

ギルド員は俺たちを見送った。

「フィルド様……あれを」

ルナシスは指を指し示す。

「あ、あれは……」

そこにいたのは四体のおぞましい悪魔であった。そしてその数十倍にも及ぶ屍(しかばね)の山。凄惨(せいさん)な光景が目の前に広がっていた。

「レナードは……一体」

『白銀の刃』のギルド長であるレナードの姿は程なく発見された。レナードは四体の悪魔のすぐ近くにいたのだ。しかし闘っていたという表現は適切ではない。四体の悪魔はレナードを手玉に取って、戯(たわむ)れていたのだ。レナードは悪魔たちの玩具(おもちゃ)になっていたのである。

ブシュッ！　レナードは右腕をもぎ取られた。びっくりするほど大量に鮮血が噴出する。

「ぐわあああああああああああああああああああああああああああああああああああああ！」

レナードの絶叫が響き渡る。

四体の悪魔はその絶叫を聞いて、ケラケラと笑い合う。

「こいつ面白(おもしろ)いぞ……」

「……いくら壊しても再生しやがる」

普通なら致命的なダメージであるが、レナードが手にしている聖剣デュランダルは所有者に対して不死に限りなく近い再生能力を齎(もたら)す。故にレナードは大概(たいがい)のことがあっても死なないのだ。だが、それはレナードにとってはかえって不幸なことになりかねない。

死なずに再生するから、常人(じょうじん)なら悶絶(もんぜつ)してしまうところで、激痛を味わい続けるのだ。死なない以上はその痛みを延々(えんえん)と味わい続けることになる。

「ちょうどいい……人間はすぐに壊れるから、壊し甲斐(がい)がなかったんだ。こいつならいつまでも遊んでいられるぞ。ケッケケッケ」

冷徹な悪魔たちにとってはレナードは壊れにくい玩具の人形に過ぎなかった。

悪魔たちはレナードを壊しては治るのを見て愉(たの)しんでいる。

「へっ……おもしれぇ。次は頭を吹き飛ばしても治るのか、試してやるよ」

悪魔のうちの一体が拳を振り上げる。

「くっ……」

レナードは瞳を閉じた。

「そこまでなのよっ！」

セリスが叫ぶ。

「ん？　……なんだ？」

「ひぃっ！　怖いのよ！」

セリスは悪魔たちに睨まれると、恐れ戦き、俺の背中に隠れるのであった。

「セリス姫……先陣を切っておいてすぐにフィルド様の後ろに隠れるのはいかがなものかと
……」

イルミナは苦笑する。まあ……だがそれもセリスらしいとも思った。

「待てよ……そこの人間たち。いや、ドワーフとエルフもいるな」

ルナシスとイルミナは魔道具の効果により、そのエルフとしての長い耳を隠しているのだが、そのことを悪魔たちは正確に見抜いているようだ。セリスの小さい身長は如何せんどうやっても誤魔化しようのないことではあったが……。

「クロード様から伺っているぞ。人間のフィルドって奴。それからエルフのルナシスとイルミナって女。この三人は殺すなと承っている」

「……ああ。その通りだ。もしかしたらこいつらがその標的じゃないか」

「クックック。まんまと炙り出せたというわけだな……クロード様の計画通りだ」

悪魔たちは笑う。

「……今、なんて言った、こいつら。クロードだと」と、俺は言った。

「……ええ。確かにあの男の名を言っていたような」と、ルナシス。

「そ、そんな……あの男はあの時、川に落ちて命を落としたのではないのですか」と、イルミナ。

「……お前たち、本当なのか？　本当にあの男――クロードの命令で動いているのか？」

「いかにも……貴様があの噂に名高い、経験値分配能力者のフィルドであるか？」

悪魔の内の一体が俺にそう聞いてくる。やはり、そうか。あの男――クロードは生きていたのか。だが、なぜこんなことになっている。奴にはこんなことができるだけの力などないのに……。やはりあの折、バハムートを呼び出した時のように、借り物の力を利用しているのか。

恐らくそんなところであろう。

「……そうだが。お前たちはなぜこんなことをしている？　クロードは何を考えて再び王都を混乱に陥れた!?」

クロードが何の力を利用しているのかは今は重要ではない。悪しき力であることだけは間違いないだろうが……。

「聡明な我らの主であるクロード様はお前たちを生け捕りにしたいと望んでいらした。しかし、お前たちの行方がわからなかった」

「故にクロード様は我々にこの王都アルテアで暴れ回ることを命令なさったのだ。そうすれば、騒動を聞きつけたお前たちが駆けつけてくるだろうと」

「こうして、思惑通りお前たちは姿を現したのだから、大成功だったな。クックック」

悪魔たちは笑みを浮かべる。

「……そういうことだったのか」

俺は項垂れる。大勢の人々が巻き込まれ犠牲になってしまった。クロードの俺に対する憎しみはそれほどまでに深かったということか。

「……もういいだろ？　俺たちがこの場にこうやって現れたんだ。レナードを放してやれ」

「ケッケッケ。そうだな……」

「この玩具も用済みだな」

「ほらよっ」

「ぐあっ！」

レナードは蹴り飛ばされる。ゴロゴロと転がり、俺たちの足元まで来た。まるでボールのような扱いだった。

「レナードさん！」

俺はレナードを抱き起こす。肉体的な傷は聖剣デュランダルの再生効果で治せるが精神的なダメージまでは治せない。全身にわたる激痛により、レナードは精神的に摩耗(まもう)してしまっているようだった。憔悴(しょうすい)しきった目をしている。これではもはや、闘うことはできないだろう。

「……久しぶりだね。フィルド君。す、すまないな……こんな無様(ぶざま)な姿を見せてしまって。あいつらがあまりに強くて、何の役にも立てなかったよ」

「い、いえ……そんなことはありません。あなたが身を張って、時間を稼いでくれたことで多くの国民の命が救われました。その間に、こうして俺たちもこの場に駆けつけることができた。あなたのおかげです」

「……ははっ……そうか。なら良かった」

レナードは笑みを浮かべる。相当に辛(つら)かっただろう。無理して作った笑顔だった。

「ゆっくり休んでください……後は俺たちがこいつらを何とかします」

「そうか……その言葉に甘えさせてもらうよ」

レナードはその場から逃げさせ、俺たちは四体の悪魔たちと向き合う。俺は経験値分配能力者(ポイントギフター)として能力の一つである、解析(アナライズ)を発動させる。

モンスター名『上級悪魔(ハイ・デーモン)』

LV100
HP10000
MP5000
攻撃力：5192
防御力：5215
魔力：5231
敏捷性：5124

やはり……と思った。レナードと『白銀の刃』のギルド員。それから王都の訓練された警備兵たちが手も足も出なかったのだ。それだけ強力な怪物だろうと思っていたのだが、予想通りであった。上級悪魔。本来ならば、太古に封印された魔王しか従えられない悪魔――その中でも上位に位置する怪物だ。そうなるとクロードが手にした力は相当にやばいものであると想像できた。封印された魔王が残した遺産。魔王の魔道具から力を借り受けたのだろう。恐らくは魂を代償として。あいつは力を借りただけと思っているかもしれないが、既に魔王の傀儡に成り下がっていると推察された。

考えていても仕方がない。今はとにかくこいつらに対処するより他なかったのだ。

だが、問題はどうやって闘うか……だ。

「……幸い俺たちは四人いるから数で負けるということはない……だけど、一人だけ不安な奴がいる」

その不安な奴というのが誰なのか……それはもう言うまでもないだろう。

「な、何を言っているのよ！　あ、あてだって闘えるわよ！　この大きなハンマーを見て！」

セリスはハンマーを見せつける。

「このハンマーでガツンと一発お見舞いしてやれば、どんな相手でもノックアウト。一撃で昏倒しちゃうのよ！」

「……当たればいいけどな。あいつの頭に当てられるか？」

上級悪魔の身長は人間の大男などよりずっと大きかった。普通の人間の二倍から三倍ほど上背があるのだ。とてもではないが、小柄なセリスでは届きそうにない。ジャンプしても無理だ。

「そ、それは……あ、あまり自信がないけれども……」

セリスは口ごもる。

「……まあ、戦力が不均衡だったとしてもそんなこと敵が構うはずもない。やるより他ないんだ」

俺は背中の鞘から聖剣エクスカリバーを抜き放つ。

「安心しろ……人間。それからエルフの女二人」

「我々はクロード様から殺害しないように厳命されている」

「クロード様は人間。お前の目の前でエルフの女二人が無残に殺され、絶望した後で死ぬのを見るのがお望みだ」

何とも悪趣味で意地が悪いやり口だったが、あいつらしくもあった。

「それに我々は殺すことを禁じられているだけだ。そこにいるエルフの女二人の手足の一本や二本もぎ取って大人しくさせるくらいなら問題ないだろう」

上級悪魔は嘲笑する。

「んっ？　そこのチビなドワーフについてはクロード様の話にはなかったな」

ルナシスとイルミナは生理的嫌悪感を覚え、ぞくりと背筋を震わせた。

「命じられていないのなら、殺しても構わんだろう」

「そうだな。ケッケッケ」

上級悪魔たちは哄笑する。

「ひぃいいいいいいいいいっ！　怖いっ！　怖いのよっ――――――――――！

あて、殺されちゃうっ！　死んじゃうっ――――――――――！　そんなのいやなのよ――――――――――――――――――――――――！」

セリスは涙目になって叫ぶ。

「落ち着け、セリス姫。殺されたくないなら闘って勝つしかないんだ」

「……はぁ……はぁ。そうなのよ。その通りなのよ。取り乱しても何にもならないから」

セリスは一応は落ち着きを取り戻した。

とにかく、こうして俺たちと上級悪魔(ハイ・デーモン)四体との戦闘が始まったのだ。

◇

【ルナシス視点　上級悪魔(ハイ・デーモン)との闘い】

上級悪魔(ハイ・デーモン)との闘いは基本的にそれぞれが一対一で対応することとなった。ドワーフの国で手に入れた新しい武器である『アイス・ブリンガー』を使用する初めてにして絶好の機会でもあった。

「……キッケッケ。冥途(めいど)の土産(みやげ)に名乗りを上げてやろう。エルフの女よ。俺は炎の上級悪魔(ハイ・デーモン)だ」

上級悪魔(ハイ・デーモン)たちにはある特徴があった。各々(おのおの)、得意とする属性があったのだ。四大属性と呼ばれる『火、水、風、地』の属性をそれぞれが有していた。基本的には同じレベルの怪物(モンスター)ではあるが、保有している属性に関しては異なっているのである。

「貴様たちは我らが主であるクロード様から生かして捕らえてくるようにと厳命されている。だが、動けなくなるくらいの痛手は覚悟せよっ！　我々も手を抜くつもりはない」

相手はＬＶ１００の怪物(モンスター)だ。ルナシスとイルミナのＬＶを凌駕(りょうが)している。いくら手練(てだ)れである二人といえども、決して侮(あなど)れるような相手ではない。そのことはあのレナードが無残にやられ、時間稼ぎ程度の働きしかできなかったことからも察することができる。だが、今のルナシスにはドワーフの国で手に入れた伝説級の武器である『アイス・ブリンガー』の存在があった。その武器の力があれば闘いはかなり拮抗したものとなる。そう、フィルドは考えていたのだ。

「食らえっ！　地獄の業火！」

炎の上級悪魔が口から灼熱の炎を吐き出す。大岩すら一瞬で融解させてしまいかねない程の高温の炎であった。

だが、今のルナシスであれば防げない攻撃ではなかった。ルナシスが放つ『アイス・ブリンガー』の剣撃は絶対零度に近い凍気を放つ。

「はあああああああああああああああああああああああああああああああああああ！」

ルナシスは剣を振るった。剣から発せられるその凍気により、上級悪魔の放った地獄の業火は搔き消されることとなったのである。

「な、なにっ!?　そんな馬鹿なっ!?」

流石の上級悪魔も面食らっているようであった。

「……いける。いけます。この新しい力。皆で協力して手に入れた、『アイス・ブリンガー』の力があれば……この上級悪魔が相手でも十分に闘えます」

ルナシスは一度の攻防で自信を得た。しかし、そのことが上級悪魔の怒りを買ったようだ。

「舐めるなよっ！　エルフの小娘があああああああああああああああああああああああ！」

上級悪魔は鋭利な爪を長く伸ばす。悪魔の爪は大抵の剣などよりも切れ味の鋭い、強固な素材でできている。それ故に脅威的な武器になり得るものであった。

上級悪魔はその爪で襲いかかってきた。

キィン！

ルナシスの『アイス・ブリンガー』と上級悪魔の爪がぶつかり合い、けたたましい音が鳴り響く。

「ちっ！　ちょこざいなっ！　な、なにっ！」

上級悪魔はその時、気づいたのだ。ルナシスの剣と爪がぶつかった際に、凄まじい凍気に片腕が蝕まれたことに。片腕が段々と氷漬けになっていくのであった。

「ば、馬鹿なっ！」

片腕が氷漬けになった上級悪魔の動きは必然的に鈍くなっていった。

もう片方の腕で爪を繰り出そうとするが、如何せんもはや動きが遅くなっていた。ルナシスの速度についてこられるはずもない。

「凍りなさい……上級悪魔。永久に」

ルナシスは氷のように冷たいその眼差しで上級悪魔を見据えた。そして斬り捨てる。

ピキィ！

上級悪魔は一瞬にして凍りついた。恐らくは自分が氷漬けになったことにも気づいていないだろう。負けたという意識すらないまま、上級悪魔(ハイ・デーモン)は永久に氷漬けになったのだ。

ここにルナシスと炎の上級悪魔(ハイ・デーモン)との勝負が決したのである。

◇【イルミナ視点　イルミナと風の上級悪魔(ハイ・デーモン)】

『賢者(けんじゃ)の杖(つえ)』を手にしたイルミナは風の属性を持った上級悪魔(ハイ・デーモン)と対峙(たいじ)していた。

「くっ！」

風の上級悪魔(ハイ・デーモン)は凄まじい突風を巻き起こす。イルミナのローブがなびく。吹き飛ばされないように地面に踏みとどまっているのがやっとの状況であった。

「ぐっはっはっ！　愚(おろ)かなエルフの小娘よ！　風の力の前に貴様は何もできまいっ！」

荒れ狂う突風に悪戦苦闘しているイルミナを見て、風の上級悪魔(ハイ・デーモン)は高笑いをしていた。

――しかし。今のイルミナは前のイルミナではない。『賢者の杖』という伝説級の武器を手に入れたのだ。だから、たとえ強敵である上級悪魔(ハイ・デーモン)が相手だったとしても全く後(おく)れを取る気はしなかったのである。

イルミナは早速ではあるが、『賢者の杖』を使用する。この『賢者の杖』はイルミナの魔力を大幅に強化するに留まらず、今までは使用できなかったより高位の、特別な魔法の使用を可能にしていた。イルミナがこれから使用するのは本来は召喚士(しょうかんし)しか使うことのできない、特別な専用魔法。『召喚魔法』であった。

「出でよ！　『神狼』！」

イルミナの魔力が『賢者の杖』に注がれ、輝かしい光を放つ。

「な、なに!?」

風の上級悪魔は面食らったようだ。

クウウウウウウウウウウウウウウウウウウウウウウウウウウウウン！

どこからともなく、獣の咆哮が聞こえてきた。突如としてイルミナの目の前に現れたのは大きな体躯をした、白銀の狼だ。ただの狼ではなく、特別な雰囲気が全身から放たれていた。

神狼。怪物の中でも神格化された神獣と呼ばれる怪物の中の一体だ。

その神狼をイルミナは『召喚魔法』で呼び出したのだ。神狼の巨大な体に護られ、イルミナは突風の脅威を気にせず普通に立つことができた。

「くっ！　エルフの小娘めっ！　ちょこざいな真似をっ！」

「お願いです！　フェンリル！　時間を稼いでください」

イルミナは召喚魔法だけではない。より強力な魔法を使用することもできた。だが、そのためにはそれなりのチャージタイムが必要となる。その時間イルミナは無防備になるという弱点があったのだ。

クウウウウウウウウウウウウウウウウウウウウウウウウウウウウン！

神狼は吠えながら、風の上級悪魔に襲いかかる。

「な、なにっ！　こいつっ！」

ガブッ！　神狼は獰猛な牙で風の上級悪魔に食らいついた。流石の上級悪魔といえども、神狼のような神獣を相手にするのはそれなりに厄介なことであった。当然、その存在を無視してイルミナを攻撃することなどできるはずもない。結果として、イルミナの強力な魔法が完成するまで、十分な時間を与えてしまうこととなる。

呪文の詠唱に集中するため、閉じていたイルミナの瞳が見開かれる。そして魔法が放たれた。

「隕石落下！」

イルミナが発動した魔法は普通の魔法ではなかった。太古に存在していたが、あまりに強力すぎるがため禁止された禁忌魔法である。その禁忌が『賢者の杖』の力によって破られたのだ。

突如天空に発生した巨大な隕石。その隕石が風の上級悪魔に襲いかかる。

「フェンリル！」

イルミナに命じられ、神狼は何事もなかったように消え去った。神狼はあくまでもイルミナの魔力により召喚された召喚獣に過ぎない。半ば霊体のような神狼は自在にその姿を消すことができる。神狼は元いた、何もない空間へと戻っていったのだ。

先ほどまで神狼と格闘していた風の上級悪魔は逃げられる状態になかった。

「ば、馬鹿なっ！」

迫りくる隕石をただ見ているより他はない。

「ば、馬鹿な――――――――――！」

風の上級悪魔の断末魔の絶叫が響き渡った。

ド――――――――――――――――ン！

隕石が地表に衝突し、轟音が鳴り響いた。その後、そこには巨大なクレーターができていた。

風の上級悪魔の姿はどこにも見当たらなかった。木っ端微塵になったようだ。

こうしてイルミナと風の上級悪魔の闘いは決着したのである。

◇【セリスと地の上級悪魔との闘い】

「ぐっはっはっは！　哀れなドワーフの小娘よっ！　我は地の上級悪魔であるっ！」

「ひ、ひいっ！」

セリスの前には巨大な上級悪魔が立ちはだかっていた。セリスはその存在のあまりの強大さに縮み上がってた。

「ドワーフの小娘よっ！　貴様のことは我が主であるクロード様から何も承っていない。つまりは煮るなり焼くなり我の好きにできるというわけだ」

「に、煮られるのも焼かれるのも嫌なのよ！　お断りなのよ！」

セリスは頭を激しく振る。

「どうしようか……貴様の小さな身体など丸呑(まるの)みにしてやろうか」

地の上級悪魔(ハイ・デーモン)は舌なめずりした。

「た、食べられるのも嫌なのよっ――――――――――！」

恐怖のあまりセリスは敵前逃亡した。

「待てっ！　逃げるでないっ！」

脱兎(だっと)のごとく逃げ始めたセリスを地の上級悪魔(ハイ・デーモン)は追いかけた。

「はぁ……はぁ……はぁ……」

セリスは逃げる。息を切らしながら。しかし、さらなる絶望がセリスを襲う。街中を逃げ回っていたセリスがたどり着いた先は行き止まりだったのだ。

「そ、そんな、行き止まりなのよっ！」

ドスン！　ドスン！　ドスン！　上級悪魔(ハイ・デーモン)の巨大な足音が響き渡る。ついに、セリスは追いつめられたのであった。

「ちょこまかと逃げおって……貴様らの結末など変わらんというのに」

「い、嫌なのよっ！　食べられたくないのよ!!　あてまだ死にたくないっ！」

「命乞いなどしても無駄だ……我々悪魔にとって人間もドワーフもただの家畜みたいなものなのだからな。貴様たちは家畜の命乞いを一度たりとも聞いたことがあるか？」

「ひ、ひいっ！」

地の上級悪魔の魔の手が伸びる。

「い、嫌なのよ――――――――――――――――！」

セリスの悲鳴が響いた。

ザシュッ。

その時、一振りの剣が走った。その剣は上級悪魔を一刀両断する。

「ば、馬鹿な――――――――――――――――！」

上級悪魔は一瞬にして果てた。

「あ、あて……生きているの？　あては……本当に。い、今いるのはあの化け物の胃袋の中じゃないの？」

「……安心しろ。胃袋の中じゃない」

フィルドは告げる。

「フィルド様――――――――――――――――――！」

「わっ！　なんだっ！」

セリスはフィルドに抱きつく。

「あ、あて、このまま死んじゃうんじゃないかと……キッスもあっちの方も何の経験もないまま天国へ旅立つんじゃないかと。うわあああああああああああああん！」

命が助かったセリスはフィルドの胸で大泣きしていた。フィルドは担当していた水の上級悪魔（ハイ・デーモン）を倒し、セリスが逃げ回って時間稼ぎをしている間に駆けつけたというわけであった。

ともかく、こうして四体の上級悪魔（ハイ・デーモン）は無事に討伐（とうばつ）され、王都の争乱は一応の解決を見た。

だが、この争乱は今後に起こるさらなる争乱のただの序章に過ぎなかったのだ。

こうして四体の上級悪魔（ハイ・デーモン）を倒した俺たちは一堂に会する。

「フィルド様……」

「ん？」

セリスは何だか、気がかりなことがあるようだ。

「あて、なんだか強くなった気がするのよ」

「私たちもです……」

ルナシスとイルミナも同じように感じていた。

「多分、さっき上級悪魔(ハイ・デーモン)倒した時に経験値が入ったんだろう」

上級悪魔(ハイ・デーモン)は強かった。故に倒せば相応の経験値が入る。その上、俺の経験値分配能力者(ポイントギフター)としての能力でその経験値を10倍にまで増加させることができた。

だから俺を除く三名は膨大な経験値を得られたのだろう。セリスに関しては戦闘に参加していない。完全なタダ乗りではあったが……。まあ、それに関しては別になんでもいい。

「待ってろ……今、俺の能力で三人のLVを見るから」

俺は解析(アナライズ)を利用し、三人のステータスとLVを見てやる。

ちなみに、この闘いが始まるより前のLVはルナシスが『91』で、イルミナが『80』、セリスが『30』であった。

「今のルナシスのLVは『99』で、イルミナのLVが『90』だ」

「「99と、90!?」」

二人は驚いていた。

「私たちのLVになると、1上げるだけでも大変なのに、一度の戦闘で10も上がったのですか」

「わかってはいましたがフィルド様の経験値分配能力者(ポイントギフター)としての恩恵は凄まじいです」

二人は一気にLVが上がったことを驚いていた。俺と行動を共にするということがどういうことかわかってはいただろうが。

「あ、あては！　あてのＬＶはどうなったの!?　フィルド様」

セリスがぴょんぴょんと跳ねる。そうでもしないと俺たちの視界に入らず、存在を忘れられかねないからだろう。

「セリスのＬＶは『60』だ」

一回の戦闘でセリスのＬＶは倍になったのだ。

「『60』！　あ、あてすっごく強くなったってこと？」

「ああ……そうなるな」

「やったのよ！　もうどんな敵にも負ける気がしないのよっ！」

セリスはぶんぶんと巨大なハンマーを振り回す。こいつはすぐ調子に乗るな。俺は溜息を吐く。

「上級悪魔（ハイ・デーモン）相手に震えあがって命乞いをしていたのはどこの誰だ？」

「そ、それは言わないでほしいのよっ！　フィルド様っ！」

セリスは顔を真っ赤にする。俺たちは笑った。

そんな平和な時間は束の間のものだった。

警備兵の一人が俺たちに駆け寄ってきた。

「た、大変です！　皆様」

「ど、どうかしたのですか？」

「お、王城が何者かに襲撃されていますっ！」

「な、なんだとっ！　まだ襲撃者がっ！」

「え、ええ……その襲撃者もとても強く恐ろしく、とても王都の警備兵では手に負えないみたいです。お恥ずかしながら皆様の力をお借りするより他はなく……」

「わ、わかりました。行こう、皆、王城へ」

「「はい！」」と、ルナシスとイルミナ。「わ、わかったのよ。仕方ないのよ」とセリス。

こうして俺たち四人は王城へと向かうのであった。そして俺たちは思いもせぬ再会を果たすことになる。そう、あの男――クロードと顔を合わせる運命にあるのであった。

王城へと向かう途中、倒れている大勢の警備兵に気づく。それは王城の中に入っても同じことだった。多くの警備兵が倒れ、呻いている。
「ううっ……」
「うあ……誰か……誰か」
既に亡骸となっている者も多いが、半死半生の者もいた。助けようと思えば助けられる命ではあったが、ここでも俺たちは見捨てざるを得ない。戦場では命の優先順位があると先ほども言ったはずだ。今回も心を鬼にするより他なかった。

その新たな襲撃者に対応するのが俺たちにとっては最優先事項だったのだ。俺たちはまだ会話のできそうな負傷者に歩み寄る。

「質問に応答はできるか？」

「え、ええ……なんでしょうか？」

他の者に比べれば、彼の負傷具合はまだ軽かった。問題なく会話できそうだった。

「新たな襲撃者は何人いた？　そいつはどこに向かった？」

「ひ、一人です……そいつに私たちは為す術もなくやられました」

一人か……。余程驚異的な力の持ち主なのだろう。たった一人に警備兵たちがこうまでやられるとは。

「……そうか。それでどっちへ向かった？」

「は、はい……王室の方へ向かいました」

「王室？　どっちの方向か教えてくれないか？」

「あっちです……」

警備兵は指を指す。

「……ありがとう」

「こ、国王陛下と王女様が危険です。ど、どうかお二人を助けてあげてください」

俺たちは警備兵に見送られ、王室へと向かうのであった。

「いやあああああああああああああああああああああああああ！」

王室の方から、甲高い女性の悲鳴が聞こえてくる。

「急ごう！」

「は、はい！」

俺たちは急いで王室へと駆け込んだ。そこには大量の警備兵が倒れ伏している。

そして目についたのは黒いオーラを放つ一人の人物。そいつは王女の首を絞めて持ち上げていた。間違いない。アルテア王国の王女であるベアトリクスだ。そして国王は娘であるベアトリクスを助けるべく、男に必死に縋りついていた。

「く、は、放せっ！　娘に何をするつもりだっ！」

「邪魔だっ！」

「ぐほっ！」

男に蹴り飛ばされ、国王は壁に激突した。そのまま意識を失う。絶対的な力を前に、権力など虚しいものであった。

男が振り向く。男の名はクロード。間違いない。あの時、川に落ちて命を落としたと思った

クロードが俺の目の前に再び姿を現したのだ。

「あんなに大きく見えたお前の姿が、今じゃすっかり小さく見えるぜ。こんな男に恐れ戦いて生きてたのかと思うと、今じゃ笑えてくらぁ」

クロードは微笑を浮かべる。大きくとか、小さくとは物理的な問題ではなく、強さのことを言っているのであろう。

「何をするつもりだ!? 何のためにお前は王城を襲った!?」

「俺様が召喚した上級悪魔が為す術もなくやられてしまったもんだから、仕方なくこうして自分で来てやったまでよ」

「ふざけるなっ！ クロード！ 悪魔に魂を売ったのみならず、無関係な人々まで襲うなんて！ それでもかつては『栄光の光』のギルド長だった男か！」

俺は言い放つ。

「うるせぇ！ その名前を出すんじゃねぇ！ 昔の俺と今の俺にはもう何の関係もねぇんだ！」

クロードは叫ぶ。俺のせいだというのか……俺のせいでこの男はこうまで変わってしまったというのか。嫌味な奴だとは思っていたが、流石にここまでのことをする奴だとは思っていな

かった。いや、もう身も心も悪魔に魂を捧げてしまったのか。この男はもう俺が知っているクロードという男ではなかった。もはや全くの別人だ。

「何が目的なんだ？　クロード」

「そんなの決まってるだろ……フィルド。俺様の強さをお前に教えてやる。お前を屈服させてやる。そしてあのルナシスとイルミナを目の前で嬲り者にしてやる。そうやって積年の恨みを晴らしたいんだよ」

「……お前の恨みの矛先は俺なんだろ？　王女様には何の関係もない。なぜ無関係な人間を巻き込むんだ？　今すぐ解放しろ」

「それはできねぇ相談だな。この王女様は人質だからな」

「人質？」

「舞台を変えようぜ、フィルド。ここから北に行ったところに俺は城を構えている。そこにお前を招待しよう。そこがお前の墓場だ。一週間以内に来い。来なければこの王女様の命は保証できねぇ」

「ま、待てっ！」

「じゃあな……あばよ、フィルド」

　そう告げてクロードは王女ともども消え去っていった。恐らくは転移魔法を使って逃げたのだろう。あいつからすれば逃げたのではなく見逃してやったとしか思ってないのかもしれないが。

クロードを逃がした俺たちは茫然とせざるを得ない。なんとか気を取り直す。ともかく俺たちは今できることをやるより他ない。

「国王陛下！　大丈夫ですか⁉」

俺は気を失っていた国王に駆け寄る。

「ううっ……そなたはフィルド殿か」

かつて俺はドラゴン退治をした際、国王に褒賞されたことがあった。だから一応は面識がある。

「は、はい。そうです」

「……む、娘は。娘はどうなった？　ベアトリクスは無事なのか⁉」

自分のことよりもまず娘の心配をしている。国王もやはり人の親ということだろう。

俺は目を伏せる。

「申し訳ありません国王陛下。あの男、クロードに攫われました」

「ううっ……奴め。やはり国が『栄光の光』に懲罰を与え、それが結局、自身の破滅へと繋がったことを恨んでのか……。だから王城を襲い、ベアトリクスを……ううっ」

国王は涙を流し悔やむ。

「いえ……そういった面が全くないというわけではないと思いますが。奴の狙いは俺にあるんだと思います。ベアトリクス様は俺を呼び寄せるための人質となったのです」

「……う、うむ。それはなぜだ？　なぜフィルド殿がそこまで恨まれなければならない？」

「……それは俺があの『栄光の光』を抜けてから、奴の転落劇が始まったからです。だから奴はその責任の全てが俺にあると決めつけ、一方的に恨みを募らせているのです」

「それでフィルド殿はどうするつもりだ？　あの男――クロードの誘いに乗るのか？」

「それ以外にないでしょう。それ以外にベアトリクス様を救う手立てがありません」

「き、危険だ！　あの男の力は危険なものだった！　いかにフィルド殿が強者といえども、無事に済むはずがない！」

「行かないわけにはいきません。今ここで奴を止めなければもっと大勢の犠牲者が出る……それを指を咥えて見ているわけにはいきません」

　北にクロードの城があるらしい。間違いなく罠だ。だが、行かざるを得なかった。

「……そうか。だが、よくよく考えるまでもなくあの男に攫われたベアトリクスを救えるのはフィルド殿、そなたしかおらぬ。どうかベアトリクスを救ってやってはくれないか？」

　国王は懇願してくる。

「ええ……国王陛下。必ずやベアトリクス様を連れて戻ります」

　俺はそう誓った。自信はない。絶対の自信なんてものはない。あんな上級悪魔を召喚できるクロードは恐らくは伝説にある魔王の力を受け継いでいると見て間違いない。そんな絶大な力を得たあいつに必勝の自信なんてあるはずもなかった。流石にそこまで自信過剰にもなれない。国王を多少とも安心させるために俺は敢えて自信がある風を装ったのだ。

「……そうか。それは良かった。頼んだぞ、フィルド殿」

そう言うと、国王は再び気を失う。肉体的、精神的にダメージが大きかったのだろう。

「国王をベッドに寝かしてやってくれ」

俺は近くにいた警備兵に伝える。

「は、はい！」

こうして俺たちは北にあるクロードの根城に向かうのであった。

◇【魔人クロード視点】

クロードは王都アルテアから遥か北の地に、根城を構えていた。クロードの膨大な魔力によって作られた、さながら魔王城のような建物であった。

「くっ！」

ベアトリクスを放り投げる。魔力の縄で両手を拘束されたベアトリクスが逃げられるはずもない。

「私に何をするつもりですか⁉　放しなさい！」

　クロードを相手に、ベアトリクスは気丈に言い放つ。

「安心しろ……姫様。別に何もしねぇよ。放せって命令は聞けないけどよ」

　かつての肉欲に溺れた、人間だった頃のクロードであれば、このような美しい女性を前にして性欲を抑えきることなど不可能だっただろう。すぐにでも自身の性欲と征服欲の捌け口として、目の前にいる美姫を利用したに違いない。だが、ベアトリクスにとって不幸中の幸いだったのは今の魔人となったクロードが性欲を失ってしまっていることだ。もはや体の構造自体が人間のものとは根本的に異なっているため、性的欲求という本能的な部分を失ってしまっているのだ。故に、クロードがベアトリクスを欲望のままに貪ることはあり得なかったのである。

「なぜ……あなたはこのようなことを。あなたの名は伺ったことがあります。ギルド『栄光の光』のギルド長……かつては国の繁栄と栄光のために闘ったお方……そのあなたがなぜこのようなことを」

「うるせぇ！　昔の話はするんじゃねぇ！」

「きゃっ！」

　パシィ！　クロードはベアトリクスの頬を平手打ちをする。恐らくは一生のうちで初めて受ける暴行であろう。気丈だったベアトリクスもすぐに大人しくなる。

「王女様だからってあんまり調子に乗るなよ！　自分の立場くらいわかってるだろ？　お前はこの俺に生かされているんだ。生きるも死ぬも俺の気分次第なんだよ！」

「うっ……ううっ……」

　ベアトリクスは呻く。

「そうだ……そうやって大人しくしてればいいんだ。王女様。お前はフィルドを呼び出すための餌なんだよ。餌。あんたはそうしてそこにいればいいんだ」

　もはやクロードの心の内にあるのはフィルドに対する憎悪だけであった。自身が転落していった責任の一切合切をフィルドに転嫁し、憎しみを募らせている。

「待ってるぜ……フィルド。ここで俺たちの決着をつけよう」

　玉座に腰かけ、クロードはやがて訪れるであろうフィルドを待ちわびていた。

◇

「フィルド君」

　それは俺たちが北にあるクロードの根城へ向かおうとした時だった。俺たちの前にレナードが姿を現す。

「レナードさん……もう動いても大丈夫なんですか？」

「ああ……君たちのおかげで十分に休めたよ」

　レナードはそう力強く答えるが、どこかその表情の裏側に暗いものを感じさせた。

悪魔に玩具にされたことがレナードの精神を大きく蝕んでいる。その傷跡は深く、僅かな休憩で全快するほど生温いものではない。だが、それでもレナードは気丈に振る舞っていた。

「行くんだろ？　……フィルド君。あのクロードのもとへ」

俺は頷く。

「僕も行かせてほしい……君たちの力になりたいんだ。本当なら『白銀の刃』の面々も連れて行きたいところなんだが……残念なことに先ほどの闘いで半ば壊滅状態でね。とても連れて行ける状況にないんだ」

「ですが……」

「勿論、足手まといだというのなら無理には頼まない」

「いえ、足手まといだなんて……そんな。あなたほどの強者がいてくれたら心強いに決まっています」

「だったらフィルド君。今回の件が終わるまで、僕は君の力にならせてもらうよ」

レナードは微笑んだ。

こうしてレナードが今回限りという条件付きではあったが、俺たちの仲間になったのだった。

そして俺たちは再び北を目指して歩き始めるのであった。

◇

北の砂漠。その真ん中あたりにクロードの根城はあった。隠れ潜むつもりなど毛頭ない様子だ。

「はぁ……はぁ……暑いのよ」

砂漠地帯にいるため、セリスは随分と暑そうだった。毎度のように弱音を吐く。

「イルミナ……氷魔法(コールド)で冷やしてやれ」

「は、はい！　フィルド様！」

「い、いいのよ……そんな気遣(きづか)い。どうせカチンコチンの氷漬けになる未来が見えているのよ。そんな風になるくらいなら、汗にまみれている方がよっぽどマシなのよ」

「……そうか。なら仕方ないな」

こうして俺たちはクロードの根城までたどり着くのであった。

◇

「ここがクロードのいる根城か……」

暗黒の魔力でできた巨大な城。奴の虚栄心(きょえいしん)が透けて見える不気味な城はいかにも魔王城であるというように、佇(たたず)んでいた。

「不気味な城なのよ……」

　セリスは恐れ戦いていた。

『くっはっはっは！　やっと来たなフィルド。それからその仲間たちよ！』

　どこからともなく、クロードの声が聞こえてきた。姿は見えない。恐らくはどこかで俺たちを覗き見ているのであろう。声自体も実際の音声ではなく、魔力で直接脳内に訴えかけてきているようだった。

「なんなのよ！　この声は！」

　セリスは耳を塞ぐ。しかし、それでも声は響いてくるのだから無意味な行為でしかなかった。

『一人じゃ何もできねぇのか！　仲間がいないと外も出歩けないなんてフィルドらしいといえばらしいけどよ。クックック』

　クロードはわかりやすく挑発してくる。俺は意に介さない。

「ベアトリクス王女はどこにいる？」

『ああ……王女様か。俺様の隣でしおらしくしてるぜ』

「……無事か？」

『勿論だ……俺様の目的はフィルド、お前一人だ。この王女様の命自体には特別関心がない。俺にとってはもはや虫けらの命みてーなもんだ』

　そうか……無事か。あのクロードの言葉を鵜呑みにするのは危険かもしれないが、一応はべアトリクスの命に別状がなさそうで俺は安堵(あんど)の溜息を吐く。だが、ほっと胸を撫(な)で下ろすには早すぎる。まだベアトリクスを取り返したわけではないのだ。

『クックック。王女様を返してほしければ俺様のところまでたどり着くんだな』

クロードの声が途切れる。

「なっ⁉」

突如、俺たちの足元に黒い空間ができた。そして落とし穴のように、俺たちはその空間に落ちていくのであった。

「き、きゃあああああああああああああああああああ！」

イルミナの悲鳴が響く。

「こ、こんな死に方嫌なのよおおおおおおおおおおお！」

セリスの悲鳴が響く。

こうして俺たちは暗い闇(やみ)の中へと引きずり込まれていくのであった。

◇

「ううっ……」

俺たちは身を起こす。

「い、痛いのよ……何なのよここは」

どうやら俺たちはクロードの根城の中へと移動したようだ。ここは恐らく地下通路だろう。

だが、セリス以外の気配がない。

「ほ、他の皆はどこに行ったの!?」

セリスは慌てる。

「恐らくは分断されたんだな……」

俺はセリスを横目で見る。

「……はぁ」

俺は溜息を吐いた。

「な、何なのよそれは！『よりにもよって一番使えない奴と一緒になってしまったな！　なんでこいつなんかと！　やれやれ』って心の声が漏れているのよ！」

セリスが怒鳴ってくる。

「……ドワーフは他人の思考が読めるのか？」

「た、単純すぎて誰でもわかるに決まってるじゃないのよ！　あ、あてだってこの前の闘いですっごくＬＶが上がったし、きっと役立つわよっ！」

「誰のおかげでそれだけの経験値が得られたと思っているんだ？」

「うっ……ううっ。それはもう、経験値分配能力者のフィルド様のお力ですとも」

「わかっているならよろしい……それじゃあ、行こうか」

　俺たちは地下通路を歩く。

「皆を捜さなくていいのかしら？」

「……いや、別にいいさ。俺はあいつらを信用している。あいつらならきっと自分たちの力だけで何とかするはずだ。俺はそう信じている。それよりもクロードのもとへたどり着くのが先決だ」

「……そうなのかしら。だったら良いのだけれど」

　こうして俺とセリスは行動を共にすることになったのだった。

◇

　俺たちは地下通路をしばらく歩いた。そして、たどり着いたのは行き止まりだった。梯子がかけられている。この梯子を登れば恐らく地上に出られるはずだ。

「気をつけるんだ……セリス。上の方から邪気を感じる」

「そ、そうなのかしら？」

「間違いない、この上にクロードがいる……」

　俺たちが直接会えば、話し合いなどではとても解決できないだろう。俺たちの間にできた溝はあまりに深すぎる。もはや埋め合わせることなど不可能な程に。

　俺たちは覚悟を決めて梯子を登り地上へと出る。

「よっと……」

　ついに俺たちはたどり着く。あの男──クロードのもとに。そしてその横にいるのはアルテア王国の王女、ベアトリクスだった。

「やっとここまで来たか、フィルド」

「クロード！」

「ドワーフのチビがついてきたか……。予定外だがまあいい。本当は俺とお前の二人きりになるように誘導したつもりだったんだがな」

「だ、誰がチビなのよ！　誰が！　むき──────なのよっ！」

　セリスはわかりやすく怒りの声をあげる。

「いや、どこからどう見ても小さいだろ」

「そ、そんなフィルド様まで！　本当のことでも言っちゃいけないことはこの世の中に絶対あるのよ」

　それはまあ……確かに言えてるな。

「まあいい……二人がかりでかかってこい。決着をつけようぜ、フィルド」

「ああ……言われなくてもそのつもりだ」

俺は背中から『聖剣エクスカリバー』を抜く。

「あても加勢するのよっ！」

セリスは巨大なハンマーを構えた。

こうして俺たちは再び出会い、そして剣を交えることになったのだ。

◇【ルナシス視点】

「ううっ……」

ルナシスとイルミナ、それからレナードの三名は立ち上がり、周囲を確認する。

「フィルド様とセリス姫はどこへ行ったのでしょうか？」

イルミナが聞いてくる。

「わ、わかりませんが。この場に留まっていても仕方ありません」

ルナシスたち三名は一本道となっている通路に落とされたようだ。故に道に迷うことなどなかった。仮にそれが罠だとわかっていても前に進むより他はなかった。

三人は道を歩き始める。

「フィルド様とセリス姫は無事でしょうか？」

イルミナが不安げに聞いてきた。

「フィルド様なら大丈夫です。セリス姫も。きっと、フィルド様が何とかしてくれています」

ルナシスは断言する。

「そして私たちのこともきっと信じてくれているはずです」

「……ルナシス様の言う通りだ。心配してもどうしようもないこともある。僕たちは僕たちで今できることをするしかないんだ」

レナードはそう語る。一本道はついに終わりを告げる。大きな扉が目の前に現れたのだ。

「開けるしかないようだね」

諦(あきら)めたようにレナードは呟(つぶや)く。間違いなく罠だ。というよりもこの状況はそもそも既に罠なのである。既に相手の術中だ。それを理解した上でその誘いに乗る以外にないのだ。立ち止まっていても何も進まない。鬼が出るのか、蛇(じゃ)が出るのか。何にせよ良いことなど起きはしないだろう。三人は大きな扉を開く。

ギイイイイイイイイイイイイイイイイイイイイイイイイイイイイイイイイイイイイイイイ！

重厚なドアは鈍い音を立てて開かれるのであった。

「……なんだ？　ここは」

そこは闘技場(コロセウム)のような場所であった。特別、障害物もない整備された環境。そこにいたのは一体の怪物(モンスター)のみであった。

それは竜(ドラゴン)の一種ではあるが、誰もが想像するようなわかりやすい竜(ドラゴン)ではなかった。いくつもの竜の頭がある一体の竜。

多頭竜と呼ばれるモンスターである。ルナシスたちはフィルドが持っているような解析の能力がないため、正確な強さを計ることはできないが、間違いなく強敵であるということだけは理解することができた。

『『キュエエエエエエエエエエエエエエエエエエエエエエエ！』』

「んっ！」

いくつもの頭が奇声をあげる。思わず耳を塞ぎたくなるような異音が響く。

ルナシスたちが闘技場に入ると同時に、バタンと扉が閉められた。そしてもはやその扉を再び開くことは叶わないようであった。恐らくこの多頭竜を倒す以外に生き延びる方法はないのだろう。

「どうやら、闘うしかないようだね」

そう言ってレナードは溜息を吐く。

「……もはやフィルド様の心配をしている余裕なんて私たちにはないんですね。まずは自分たちの身の安全を確保しないと」

イルミナは『賢者の杖』を構える。

「ええ……その通りです。イルミナ」

ルナシスもまた『アイス・ブリンガー』を構える。多頭竜が叫び声と共に攻撃を繰り出してきた。

「来るぞ！　気をつけるんだ！」

先陣を切るレナードが警戒を促す。聖剣デュランダルの再生効果により高い耐久力を兼ね備えているレナードは死に対する恐怖心が普通の人間よりも低い。故に自ら前に出て、盾となることを選んだのであろう。

特にイルミナは、適正的にHPと防御力が低く、直撃した場合、致命傷を負いかねない。そのため、後列で闘うことが殆どであった。

多頭竜はその数多の竜の頭から息吹を放つ。それらの息吹は様々な属性を持っていた。炎、氷、雷、酸、毒。どれもが非常に強い破壊力を持っているため、対処するのは簡単ではない。

イルミナは呪文を唱える。放つのは上級悪魔と闘った時にも使用した『召喚魔法』である。

「『ベヒーモス』！」

多頭竜に対抗するため、出現させたのは『ベヒーモス』という召喚獣だった。巨大な体軀を持ち、牛のような頭をした召喚獣である。『ベヒーモス』は高いHPと防御力を持っているので大抵の攻撃になら耐えることができた。数多の息吹による攻撃を繰り出す多頭竜が相手でも十分に盾としての機能を果たすことが可能なのだ。

グオオオオオオオオオオオオオオオオオオオオオオオオオオオオオオオ！

『ベヒーモス』は大きな雄叫びを上げた。そして、その巨大な体格を活かし、格闘戦を始めた。

「ありがとう！　イルミナちゃん！」

そうレナードは礼を言った。

「で、ですが、私にはもう……魔力が。申し訳ありませんが……これ以上のことはできそうにありません」

イルミナは力なく答える。イルミナはここに来るまで三度にわたり強力な魔法を放ってきた。強力な魔法というのはそれに見合うだけの魔力を消費するのが常である。イルミナの魔力上限が決して低いわけではないが、強力な魔法を何度も使えるわけではない。彼女の魔力は既に底を尽きかけていた。

「十分です。イルミナ。後は私たちが何とかします」

ルナシスは剣を構える。

「ああ……その通りだ」

レナードもまた剣を構える。ベヒーモスとの格闘により、多頭竜が倒れた。そのタイミングを好機と捉えた二人は攻撃を仕掛ける。

「うおおおおおおおおおおおおおおおおおおおおおおおおお！」

レナードは叫ぶと共に『聖剣デュランダル』による連続攻撃を仕掛ける。数多の頭に斬撃を見舞う。

『『キュイイイイイイイイイイイイイイイイイイイイイ』』

数多の竜頭から悲鳴が響き渡る。そしてルナシスは『アイス・ブリンガー』を構え、精神を統一していた。闘いの最中であるにも拘わらず、その佇(たたず)まいは美しく、神聖不可侵(ふかしん)なものであるかのように感じさせた。

「凍りなさい……永久(とこしえ)に。『絶対零度(アブソリュート・ゼロ)』」

ルナシスが剣を振るうと強烈な凍気が放たれる。

『アイス・ブリンガー』から放たれた絶対零度(アブソリュート・ゼロ)の凍気は一瞬にして、多頭竜(ヒュドラ)を凍結させる。

もはや断末魔の声を上げる余地すら与えられなかった。多頭竜(ヒュドラ)は絶対零度の、決して解けない氷により、永遠にその時間を止めたのだ。

「……ふう……何とかなった。流石は剣聖ルナシス様だ」

レナードはほっと胸を撫で下ろす。だが、勝利を喜んでいる余裕はないのだ。なぜなら本当の闘いはこれから始まるのだから。

「行きましょう……ゆっくりしている時間など私たちにはないのです。フィルド様のところへ向かわないと」

「ああ……その通りだ」

こうして多頭竜(ヒュドラ)を倒したルナシスたちはフィルドのもとへと駆けつけるのであった。

◇

「てやあああああああああああああああああああああああああああああああああ！」

セリスはどデカいハンマーを持って、クロードに殴りかかる。その動きは今までよりも随分と俊敏であった。間違いなく、フィルドと一緒にいたことによるＬＶアップの恩恵はあったのだろう。

だが如何せん、それでも今のクロードとの実力差は大きすぎたようだ。

「邪魔だ。チビドワーフ」

「ぶばっ！」

魔力による衝撃波でセリスは吹き飛ばされた。ドン！

「だ、大丈夫か!?　セリス」

俺はセリスを介抱する。幸い、命に別状はないようだ。ドワーフは小さな体つきをしているが、これでなかなか頑丈なのである。

「だ、大丈夫じゃないのよ……と、とっても痛いのよ」

セリスは嘆いていた。

「痛みがあるのは生きている証拠だ」

「た、確かに……死んだら痛いってことすらわからないのよ」

渋々、セリスは立ち上がる。

「全く、あいつ、なんて力なのかしら。な、なんであんな力を。前はただの盗賊だったのに」

「あれは恐らくあいつ自身の力じゃない。あいつにあんな力があったなら、前に追い詰められた時に使っていたはずだ……それに、あんな膨大な力を持った人間がチンケな盗賊稼業(かぎょう)なんてするわけがない」

「自分の力じゃないっていうのならどこからあの力は来ているのよ?」

「恐らくは魔王の力だ」

「魔王の力?」

「太古に勇者の力によって封印された魔王はその活動を停止した。だが、それでこの世の中から魔王の脅威が完全に去ったわけではない。魔王はその力を秘めた魔道具(アーティファクト)をこの世に残したらしい。それが魔王の遺産だ。その残された魔道具(アーティファクト)の脅威は魔王を封印したとしてもそれとは無関係にこの世に残ったんだ」

「な、なんてこと……じゃあ、あのクロードって男はその魔王が残した魔道具(アーティファクト)を使ったってことかしら?」

「多分な……というよりもそれ以外考えられない」

今のクロードはかつてのクロードではない。器(うつわ)は確かにクロードかもしれないが、中身はもう完全に別物になっている。人間ですらないかもしれない。魔族の仲間入りを果たしていると思った方がいいくらいだ。

「なにぶつぶつと話してやがる」

こちらが攻撃を仕掛けてこないからか、クロードは痺れを切らしていた。

「来ないならこっちからいくぜっ！　おらっ！」

クロードは魔力衝撃波を放ってくる。

「くっ！」

俺は『聖剣エクスカリバー』を振るう。聖なる波動が斬撃と共に放たれる。聖なる波動と闇の衝撃波。相反する二つの力がぶつかり合い、激しく火花を散らした。その結果は相殺だった。何事もなかったかのようにどちらの力も消え去った。

「ちっ！　フィルドの野郎！　生意気にもこの俺の攻撃を防ぎやがって！」

クロードは舌打ちする。

――と、その時だった。

「フィルド様――――――――――――！」

ルナシスの声が聞こえてくる。

「ん？　わっ！」

いきなりルナシスに抱きつかれた。柔らかい感触が伝わってくる。久しぶりだったため、俺は動揺を隠せなかった。

「良かった。フィルド様。ご無事でしたか。私、信じておりました」

涙すら浮かべそうな顔でルナシスが見つめてくる。

「あ……ああ。なんとかな。それよりお前たちも無事で何よりだ。心配してたんだぞ、一応」

「無事に決まってるじゃないですか。私がフィルド様を置いて先に死ぬわけがありません……死ぬ時までご一緒します」

いや……それは遠慮したいが。

「セリス姫……今治します」

「あ、ありがとう、なのよ」

イルミナの回復魔法（ヒーリング）でセリスが治療を受けていた。

「くっ！　ふざけやがって！　この俺様の目の前で女といちゃつきやがって、随分と余裕があるじゃねぇか！」

クロードは激昂（げっこう）した。

「べ、別にいちゃついてなんか」

ないと思いたい。

「クロード……お前の悪事はこれまでだ。これ以上の被害は出させない。僕たちがここに来たからには」

かつての好敵手であったレナードがクロードと対峙する。

「へっ！　なんだ！　仲間が揃ったからって、それで勝ったつもりかよ！　本番はここからだぜ！」

クロードの邪気が膨らんでくる。クロードが言うようにやっと本番が始まったのだ。俺たちは身構える。これから起こる激しい闘いに備えて。

「はあああああああああああああああああああああああああああああああ！」

ルナシスの剣が走る。『アイス・ブリンガー』による攻撃は斬撃と同時に氷属性によるダメージを与える。故に今のクロードにしても決して軽くはないダメージを与えることができた。

「うおおおおおおおおおおおおおおおおおおおおおおお！」

レナードも斬りかかった。クロードは斬り裂かれ、確かなダメージを与えた。

クロードがよろめく。

「くそっ！　どいつもこいつも、ちょこまかと」

クロードが吐き捨てるように叫ぶ。

「今なのよ！　好機なのよ！　てやあああああああああああああ！」

好機と捉えたセリスはハンマーで襲いかかる。

「このセリスハンマーの威力、とくと味わうがいいのよおおおおおおお！」

セリスはハンマーを振りかぶった。

「邪魔だ！」

「な、なんであてだけ決まらないのよおおおおおおおおおおおおおお！」

セリスは魔力衝撃波により、吹き飛ばされる。

「セリス姫」

「うう……ひ、酷いのよ。い、痛いのよ。や、やってられないのよ」

セリスはまたもや涙目でイルミナの介抱を受けることになったのだ。魔力の大部分を消費したイルミナは基本的には皆の補助と回復役を引き受けることになった。主にその助けを受けているのはセリスであるが。

「ぐっ！」

クロードが膝をついた。度重なる攻撃の末、奴のＨＰはギリギリまで削り取られたのだ。

「……終わりだ。クロード」

俺は剣を首筋に突きつける。

「へっ……まだ終わってないぜ。何言ってるんだ、フィルド。勝負はこれからだ」

「虚勢を張るな……お前の体力が殆どないのは俺にはわかるんだ。お前に逆転する手段なんてない……お前の負けだ」

俺はそう告げる。

「へへっ……何言ってるんだフィルド。逆転の手段がないだと？　そう見えるのはお前の目が節穴（ふしあな）だからだ」

クロードは言い切る。その目には確かな自信が見てとれた。決して虚勢を張っているわけではない。そう直感的に察することができた。こいつはまだ何か切り札を残しているというのか……。

「終わりだ……クロード、俺とお前の因縁（いんねん）も」

ザシュ、という音がした。俺はクロードを斬り裂いた。

「ぐほっ……おおっ」

ドサッ。クロードは血を吐いて倒れる。

「……ベアトリクス王女を助けよう」

クロードは倒れた。だが、落ち着いている暇などなかった。俺たちは横たわっているベアトリクス王女の介抱をするのであった。

◇

「んっ……ここは」

ベアトリクスは目を覚ます。

「目覚めましたか……ベアトリクス王女」

「あ、あなた様は……レナード様から噂は聞いておりました。英雄フィルド様、お会いしとうございました」

ベアトリクスは瞳を潤ませる。背後から二つの怒気のようなものを感じたが……状況が状況だけにそれを発散するような真似はしなかったようだ。流石にそれくらいの理性は二人とも持ち合わせているのだ。

「……私を助けてくださったのですね。あ、あの男は――」

「奴なら死にました」

俺は目を伏せ、そう告げる。

「そうでしたか……あの男はもう人間とは呼べませんでした。ですのでフィルド様が気に病むことはありません。あなたは正しい行いをしたのです」

「……そう言って頂けると気が休まります」

「……ベアトリクス様。お身体の方は？」

レナードが聞く。

「え、ええ……多少だるくはありますが、歩くのに問題はありません」

「良かった……でしたら帰りましょう。こんな所にいつまでもいると、身体に障ります」

「そうですね。そうしましょうか」

　俺たちがその場を立ち去ろうとした、その時であった。

『くっはっはっはっはっはっは！』

　どこからか声が聞こえてきた。間違いない、クロードの声だ。

「ば、馬鹿な！　奴は死んだはずだ！」

『それがよ、フィルド。死んでないんだよ、これが。この根城は俺の魔力でできていてよ、いわば俺の身体の一部みたいなもんなんだよ。お前が俺を斬る寸前に魂を逃がしておいたのさ。魂がある限り、俺は不滅なんだ……』

「くっ……」

　それがクロードの不敵な自信の裏付けだったのか。

　魔力でできた根城が大きく揺れる。

「なっ！」

「な、なんですか、これは地震!?」

「そんな都合よく地震が起こるわけがないだろ！　これは間違いない、クロードの仕業だ！」

『そうだ……この城は俺の思い通りに動く。だからこんなことだってできるんだ……』

　クロードにとってこの城はただの城というわけではない。自身の魔力を蓄えておく貯蔵庫のようなものなのだ。クロードの意思に従い、その姿を大きく変えていく。このままここにいるのは危険だった。

「……い、いかがされますか？　フィルド様」

「とりあえずは逃げるより他ない。このままここにいれば巻き込まれるぞ」

「はい……そうですね」

ルナシスは答える。

「ベアトリクス様、歩けますか？」

「は、はい。何とか」

レナードに介抱され、ベアトリクスは歩く。

こうして俺たちは蠢（うごめ）くクロードの根城から歩いて逃げ出すのであった。

◇

グオオオオオオオオオオオオオオオオオオオオオオオオオオオオオオオオオオ！

俺たちがクロードの根城から脱出すると同時に、大きな雄叫（おたけ）びが放たれた。目を向けると、そこには山のようにでかい巨人がいたのだ。王都アルテアで闘った上級悪魔（ハイ・デーモン）も巨大な体躯をしていたが、それの何倍も大きいサイズであった。

「……あれがあの男、クロードだというのですか……」

その異常な光景にあのルナシスも言葉を失っていた。

「あれも恐らく魔王の力が成せる業だ……もはや完全に人間の器を超えている」

「一体……どうすれば」

あんな化け物を放置しておけば間違いなく、この世界に大きな災厄を齎すだろう。完全に、かつては持ち合わせていた理性を失い、破壊の化身のようになっている。あれではもう邪神そのものだ。

「あれは人智を超えた化け物だ……バハムートの時と同じように人間ではどうしようもない」

俺は思い起こす。バハムートを倒した時のことを。あの時はエルフの人々から経験値返却することで膨大な経験値を得て、倒すことに成功した。

「どうしたのですか？　フィルド様」

「……同じことをするのは非常に面倒くさい」

俺はエルフの国での出来事を思い返す。エルフの国までまた向かわざるを得なくなったこと。そこで国王と王妃にえらく引き留められたことを。

「……何を言っているのでしょうか？　フィルド様は」

「……きっと、私たちには理解できないような、深い思慮をされているのでしょう」

ルナシスとイルミナは訝しむ。俺は考える。そして、灯台下暗しだと気づいた。近いところというものは意外に見えないものなのだ。

「なんだ。必要な経験値ならここにあるじゃないか」

俺は独り（ひと）言のように呟く。

「い、いかがされたのですか？　フィルド様」

ルナシスが聞いてくる。

「一体どうしたのかしら？」

　セリスも訝しんだ。

「……上級悪魔（ハイ・デーモン）と闘った時の経験値だよ。あれで皆、ＬＶアップしただろう？」

「は、はい……た、確かにその通りですが……」

「あの時の経験値を一時的に返してもらう。それでことが終わった後にまた戻す」

「は、はい……構いませんが」

「難しくてよくわからないのよ。何でもいいのよ。フィルドの好きにすれば」

　セリスは投げやりだった。よくわかってないのだろう。俺がこれから何をしようとしているのか。

「『経験値返却（ポイントリターン）』」

　俺は『経験値分配能力者（ポイントギフター）』としての能力を発動した。ここで使うのは、『経験値返却（ポイントリターン）』。稼いだ経験値を返却（リターン）させる能力だ。

　この能力により、俺のＬＶはバハムートと闘った時と同じ、ＬＶ３００になる。

ＬＶ３００　ＨＰ３００００　ＭＰ２００００
攻撃力：９５８９
防御力：９３４０
魔力：９３２０
敏捷性：９４０５

「……よし」

俺は経験値が返却されたことを確認する。

グオオオオオオオオオオオオオオオオオオオオオオオオオオオオオオオオオオ！

化け物のような形になっても、それでも尚、俺に対する憎しみだけは残っているようであった。奴は叫び声を上げながら俺に襲いかかってくる。その身体は巨大である分、緩慢であった。

俺が技を発動させる隙は十分にあった。『聖剣エクスカリバー』に秘められた力を全開にする。

俺は剣を天に向けて掲げた。聖なる光の波動が天高く昇る。

「終わりだ……クロード。今度こそ、俺とお前の因縁は……」

俺は全ＨＰとＭＰを放出し、一度限りの大技を放つ。

「ホーリーブレイカ――！」

俺は『聖剣エクスカリバー』を振り下ろす。

大量の光の塊がクロード（？）を押し潰し、掻き消すために降り注いでいく。

グオオオオオオオオオオオオオオオオオオオオオオオオオオオオ！

奴が断末魔の叫びを上げて、果てていった。世界に再び静寂が訪れる。

そして、空から綺麗な光が降り注いできた。

「……綺麗な光」

ベアトリクスは思わず呟く。

「経験値の光だ……あれだけ巨大な怪物を倒したんだ。膨大な経験値を秘めていたに違いない」

こうして俺たちはクロード（？）を倒し、膨大な経験値を得ることになったのだ。

俺は一時的に返却してもらった経験値を皆に返す。

それによりルナシスのLVは『105』になり、イルミナのLVは『100』になった。そして、セリスのLVは『80』になったのだ。

「すごい！　あて、今回の闘いですっごく強くなったのよ！」

セリスはそのことを喜んで、大いにはしゃいでいた。

「セリス姫……何かひとつでも貢献したか？」

俺は聞いた。

「うっ……なっ……何もしてないです」

セリスは項垂れた。

「もう、フィルド様。セリス姫をあまり虐めないでください」

そう、イルミナは笑いながら言った。

「全くだ……」

そう、レナードは笑いながら言った。

「こ、今回はダメだったけど、次は絶対に戦闘でも大活躍するのよ！」

セリスは大きなハンマーを構え、ブンブンと振り回した。

「あっ！」

そして石につまずいてドタンと大ゴケするのであった。

「い、痛いのよ……」

「くっくっく！　あっはっはっはっはっはっはっは！」

皆が大笑いする。

「な、なによ！　わ、笑うことないじゃないのよ！」

セリスは顔を真っ赤にする。

こうして笑えるのも平和になったからだ。俺たちは束の間の平和を存分に味わっていた。

◇【レナード視点】

「……くっ。なんということだ。フィルド殿、またどこかに行ってしまったのか」

国王は嘆いていた。フィルドたちはあの騒動の後、またもや忽然と姿を消したのだ。それはもう、風のように。

「今回もまた国の存亡の危機を救ってもらったのに、今度は攫われたベアトリクスまで救い出してくれたというのに……礼の一つも言えないとは」

レナードとベアトリクスは王城に戻った。これからやるべきことが山積みであった。王都での二度にわたる騒乱の傷跡は大きい。だが、ひとまずは落ち着いた時間を二人は過ごしていた。

「レナード様……やはりあなた様の言う通り、不思議なお方でしたね。王国に戻ってきたら英雄扱いされたことでしょうに……」

「彼は多分、そういうのが嫌いなんですよ……きっと。地位とか名誉とか……そういうものに縛られるのがきっと嫌なんです」

「……金も地位も名誉も……欲しいものなら何でもくれてやるというのに……この際だ。娘であるベアトリクスをくれてやって、ゆくゆくはこの国の国王にさせてやっても」

国王は一人で熱くなっていた。

「お、お父様……落ち着いてください」

国王はベアトリクスに宥められる。

レナードは溜息を吐いた。

（そうだ……フィルド君を縛りつけられる者は誰もいないんだ……それがたとえこの国の国王でも……勿論、僕でも）

これからフィルドたちはどこに向かおうとしているのか……それはレナードにもわからない。ただ、レナードは祈るだけだった。彼らの無事を。しかし、いつまでもそんなことを気にしてもいられなかった。レナードはレナードでやることが山積みだったのだ。

「……さて。僕は僕でやれることをやるしかない。王都の復興……それからギルド『白銀の刃』の立て直しだ」

こうしてレナードはギルド長としてのいつもの日々に戻っていった。いつかまたフィルドと笑って再会できるように。そう願いながら。

◇

俺たちはドワーフ王に、今回の件が一応決着したことを説明し、ドワーフ国を後にした。

「……これからどうするのですか？　フィルド様」

「次の目的地かぁ……」

行ってみたいところ、見て見たい景色は無数にある。だけど、強いてその中から今一番行ってみたいところと言えば……そうだな。俺はしばらく考えた末に答えを出す。

「そうだな……竜人の国に行ってみたいな」

「「竜人の国!?」」

「ああ……竜人だ。竜に変化することができる、亜人種だな。大昔にあった魔王との闘いで多くの竜人が命を落とした。元々、繁殖能力が高くない竜人は今では希少種だ。遠くの山奥で人目に付かないように生活しているらしい。人前に姿を現すのも稀で、そんな竜人の国が本当にあるのか、どうか。半ば伝説みたいに語られているんだ」

「私たちも、そこについていっていいですか？」

ルナシスとイルミナと同行していたのは決して俺たちがパーティーを組んでいるからではなかった。ドワーフの国を訪れる上での暫定的なものである。あくまでも。

「ど、どうして？」

「人目に付かないように生活している竜人。きっと見つけるのも大変だと思うんです」

と、ルナシス。

「きっと、私たちも竜人の国を探す、お役に立てると思うんです」

俺は考える。確かに、俺一人で竜人の国を探すよりも、人手が多い方が見つけやすいかもしれない。一理あった。

「ま、まあ……お前たちがついてきたいっていうなら好きにすればいい」

「「ありがとうございます！　フィルド様」」

二人は俺に礼を言ってきた。

「いや……まあ……礼を言われるようなことではないが……」

――と。その時のことであった。

「はぁ……はぁ……はぁ……はぁ」

セリスが走ってきた。

「どうしたんだ？　セリス姫」

「い、いやなのよ……置いていっちゃ」

「今回の盗賊騒ぎは治まった。これ以上、俺たちと一緒にいる理由はないはずだ。姫という立場である以上、ドワーフの国にいるべきじゃないのか？」

「そ、それはそうだけど。あ、あては自分の気持ちに嘘（うそ）はつけないのよ……だって」

セリスは語る。

「あ、あてもフィルド様のこと好きなのよ！」

顔を真っ赤にしてセリスは打ち明ける。

「……すまない。俺は幼女性愛（ロリコン）じゃないんだ……」

「あ、あては幼女じゃない！　立派（りっぱ）な成人なのよ！」

「……それはそうかもしれないが……」

「どうするんですか？　フィルド様」

　ルナシスがそう聞いてくる。

「……人手が多い方が竜人（ドラゴニュート）の国を探すのに役立つし、拒（こば）むだけの理由もない。ついてきたいならついてくればいいさ」

「……と、当然ついていくのよ！」

　こうして俺たちはセリスを暫定パーティーに加え、竜人（ドラゴニュート）の国を目指して旅に出るのであった。

◇【クロード視点】

『ううっ……ここは』

　フィルドの放ったホーリーブレイカーにより爆散したクロードの身体ではあったが、それでも尚、魂までも消失させるには至らなかった。身体は失ってしまったが、魂だけは残っていたのである。

『俺は……死んだのか……いや、死ねねぇ……このくらいのことで。あの野郎。フィルドの野郎の恨みを晴らすまでは……』

〈お前の望みを叶えてやろう〉

どこからともなく、声が聞こえてきた。

『だ、誰だ!?』

〈我は魔王だ……〉

『ま、魔王だって!?』

魔王。クロードも聞いたことはあった。太古に封印された魔王の伝説。まさかその魔王と会話をする機会があるとは思ってもいなかった。

〈何を驚いている？　お前に授けられた力も元々は我の力であるぞ〉

『そうだったな……そういえば』

〈再びお前に身体と力を授けてやる。その代わり、我の封印を解き放て……〉

『封印!?』

〈ああ……封印だ。その封印を解き放った際には、さらなる力を授けてやろう……お前の憎きあの男……フィルドを倒せる、先ほどよりももっと強力な魔王の力を〉

悩むまでもなかった。フィルドに対する恨みを晴らせるのであれば。クロードには最後に残った自身の魂を売り渡すことくらい、容易いことだったのである。

『ああ……いいさ。魔王。お前の封印を解き放ってやる！　だから俺に身体と力をよこせ！』

〈くっくっく……了解した。これで取引成立だな〉

こうしてクロードは再び身体と力を手に入れた。

フィルドとクロードの因縁はまだ終わらない。

番外編【夢の中では幸せに】

Pointgitter

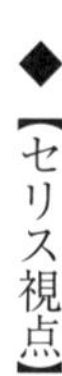

【セリス視点】

「ぐー……がー……ぐー……がー……ぐーがー……ぐーがー」

セリスは宿屋の一室で眠っていた。涎（よだれ）を垂（た）らし、盛大に鼾（いびき）をかいている。

これは彼女の夢の中の出来事である。

「……セリス様、セリス様」
「ん？　……ううっ、何なのよ、眠たいのよ、起こすんじゃないのよ」
セリスはフィルドたちに起こされる。仕方なく、セリスは目を覚ましたのだ。

「うっ……これは一体」

目覚めたセリスは立ち上がる。その時、フィルドたちをまるで小人のように見下ろすことができたのだ。フィルドたちが小さくなったのか？　いや、周りにある木々も小さい。

「こ、これって、つまり、あてが大きくなったってことなのかしら？」

セリスは自身が巨大化しているのに気づいた。

「セリス様、セリス様がいないと、私たち何もできないんです！」

ルナシスが涙ながらに訴えてくる。

「そうです！　セリス様がこのパーティーの要なんです！　セリス様がいないと、冒険を続けられません！」

イルミナも涙ながらに訴えかけてくる。

「そうだ！　そうだ！　セリス様がいないと俺たちが竜人の国までたどり着くなんて到底不可能なんだ！」

フィルドも涙ながらに訴えかけてくる。

「ふふん……仕方ないわね。あてがいないと何にもできないなんて、なんて情けない奴らかしら」

「み、見てください！　セリス様！」

ルナシスが指を指す。

「あそこに凶悪そうなドラゴンがいます！　私たちでは到底敵いそうにもありません！」

目の前には巨大なドラゴンがいた。とはいっても、フィルドたちの大きさと比較してのことだ。今の巨大化したセリスからすれば、ただのチビドラゴンもいいとこだ。

ガアアアアアアアアアアアアアアアアアアアアアアアアアアアアアアアアアア！

「「きゃっ！」」

ドラゴンは叫び声を上げる。ルナシスとイルミナは耳を塞いだ。

「セリス様！　お願いします！　俺たちを助けてください！」

フィルドに懇願される。

「ふふん、仕方ないわね！　あての出番かしら」

セリスは巨大なハンマーを取り出す。彼女の専用武器であるセリスハンマーだ。

「とりゃああああああああああああああああああああああああああああああ！」

バコ――――――――――――――――――――――――――――――――ン！

グオオオオオオオオオオオオオオオオオオオオオオオオオオオオオオオオオオ！

ドラゴンはセリスハンマーにより遥か彼方まで吹き飛ばされたのだ。

「やった！」

「すごいです！　セリス様！」

「流石私たちのセリス様です！」

皆がセリスを持て囃した。

「ふふん……これくらい、あてなら当然のことなのよ」

セリスは鼻高々だった。

(なんて素晴らしい状況かしら……まるで夢のよう……もしこれが夢だったら、ずっと覚めないでほしいのよ……)

セリスは切に願った。この夢のような状況が永遠に続くことを。しかし、夢は夢でしかない。いずれは終わるものだ。夢とは儚いものであった。

◆

「……ぐーが！　な、なんて素晴らしい状況かしら……むにゃむにゃ……み、皆、あてを崇めて、頼りにするといいのよ。大きいあてにできないことなんてないのよ……むにゃむにゃ」

セリスは寝返りを打った。そして、盛大にベッドからずり落ちたのである。

ドン！

「い、いた……痛いのよ！」

セリスは衝撃と痛みで目を覚ました。

「ん？　……ここは……」

セリスは気づいたのだ。自分が宿屋の一室にいるということに。

「な、なんだったのよ……夢だったの……残念だったのよ。夢だったら、覚めなければよかったのに……はぁ……」

セリスは嘆き、溜息を吐いた。夢は終わり、これから否が応でも等身大の自分と向き合わなければならなかったのだ。

◆【ルナシス視点】

「ぐー……がー……ぐー……がー……」

ルナシスは宿屋の一室で眠っていた。姉妹ということもあり、隣のベッドではイルミナも眠っている。

これは彼女の夢の中の物語である。

◆

「……ルナシス」

「ん？　……むにゃむにゃ……な、なんですか？　フィルド様」

ルナシスは目を覚ました。目の前にいたのは愛しのフィルドであった。しかし、なんだか様子がいつもと異なっていた。

「ルナシス、好きだ」

フィルドはいきなり、ルナシスを抱きしめてきた。

「ど、どうしたのですか？　フィ、フィルド様」

「嫌か？　ルナシス」

「い、嫌ではありませんが……私、少々驚いてしまって」

普段は見せないような、フィルドの大胆な行いに、思わずルナシスの心臓の鼓動が高鳴ってしまう。

「い、いきなりどうしたのですか？　フィルド様」

「今までの俺はどうかしていたんだ……気づいてしまったんだよ、ルナシス。お前の魅力に」

「フィ、フィルド様」

「照れ臭かったんだろうな……だからお前の好意に気づいていても、それから逃げてたんだ……だけど、もう逃げるのはやめだ」

フィルドはルナシスを情熱的に見つめた。

「ルナシス、結婚してほしい」

「えっ!?」

「俺と一緒になるのは嫌か？　ルナシス」

「そ、そんなことありません！　た、ただ突然だったので驚いてしまって。け、けどよろしいのですか？　フィルド様。結婚など……。一生一人の異性に縛られるなど、自由とは正反対の制約ありきの行いではありませんか？　不自由には感じませぬか？」

「自由を投げ捨ててでも、ルナシス、お前ならずっと一緒にいたいと思っただけさ」

「フィルド様……」

「ルナシス……」

二人は見つめ合った。そして、情熱的に唇を交わし合う。フィルドはルナシスを押し倒した。

その後何が行われたのかは……言うまでもなかった。

◆

そこは森の中にある小さな家だった。そこがフィルドとルナシスの愛の巣であった。だが、もう二人だけの住処ではなくなっている。二人だけの生活は終わりを告げたのだ。

「パパ、待って！　パパ！」

一人の女の子がよろけながらフィルドを追いかける。最近歩けるようになり、言葉を覚えたばかりだった。

あれからフィルドとルナシスの間に子供が生まれたのだ。二人の愛の結晶であった。

穏(おだ)やかな風が吹いた。

もはや剣聖と呼ばれ、剣を振るった日々は遠い過去の話だ。懐(なつ)かしくもあるが、ルナシスは平和な今の日常を愛している。だから過去に戻りたいなんて、決して思わない。

ルナシスのお腹(なか)は大きく膨(ふく)らんでいた。もうすぐ家族がもう一人増える。男の子か女の子かわからないが、どちらでもいい。きっともっと賑(にぎ)やかになり、楽しい毎日を送れるようになるはずだ。

この瞬間がずっと続けばいいとルナシスは願っていた。

◆

「ぐー……がー……ぐー……」

ドスン！

寝返りを打ったルナシスはベッドからずり落ちた。

「い、痛い……」

「大丈夫ですか!?　お姉様」

イルミナが心配そうに声をかけてくる。

「フィ……フィルド様は……わ、私たちの子供は……」

「何をおっしゃってるのですか？　お姉様。夢でも見ていられたのですか？」

「ゆ、夢……なんだ、夢だったのですか、はぁ……おかしいと思いました」

ルナシスは溜息を吐く。

「それより、もうすぐ向かわなければなりません。支度をしてフィルド様と合流しますよ」

仕方なく、ルナシスは身支度を整える。剣を手に取った。

剣を置く日は当分先になりそうである。

あとがき《九十九弐式》

お久しぶりです。もし初めましての方がいらしたら1巻も是非どうぞ。またお会いできまして大変喜ばしい限りです。執筆担当の九十九弐式（つくもにしき）と申します。今回は『ポイントギフター』の2巻になります。読者の皆様のおかげで、1巻の方が重版しました。私自身、初の商業出版なのでよくわかっていないところはありますが、売り上げ好調のようなので、こちらに関しても大変喜ばしく思っております。

これも共著者のすかいふぁーむ先生、及び美麗なイラストを手がけてくれた伊藤宗一（いとうそういち）先生、及び関係者の皆様のおかげです。

今回の話の内容に関しましては、大きなテーマとしては『ドワーフ』編になります。ドワーフ国『ダイガル』のお姫様であるセリスちゃんが主に活躍します。活躍？　というか掻（か）き乱すというか（苦笑）。

作者的には結構、書きやすいキャラになったんですが、読者の皆様にとってはどうだったでしょうか？　お気に召して頂ければ幸いです。

1巻に引き続き、当然のようにフィルドをはじめとした主要キャラクターは軒並み登場します。

あとがきの方を先に読む方もいると思いますが、お楽しみ頂けたら幸いです。

この2巻が出る頃には『ポイントギフター』のコミカライズが双葉社様の「がうがうモンスター」の方で連載していると思います。漫画の執筆は日野彰先生に担当してもらっています。私も頑張って監修しましたので、楽しんで頂ければ幸いです。内容的にもきっと良い物になってると思います。

今回も共著者のすかいふぁーむ先生、及びイラストの伊藤宗一先生、編集部の皆様を始め、たくさんの方のお力がありこうして2巻を出すことができました。誠にありがとうございます。読者の方々にも大変感謝しております。

それではまたの機会にお会いできることを切に祈っています。

九十九弐式

あとがき《すかいふぁーむ》

お久しぶりです。原案担当のすかいふぁーむです。

とはいえこの物語は中盤以降かなり九十九さんに頼る部分が大きいので、前巻以上に九十九さんのオリジナリティが出てきたのではないかと思います。

そしてイラストを描いてくださった伊藤宗一先生のお力もあり、１巻はなんと重版出来ということで、非常にありがたいです。

漫画もスタートということで色々物語を盛り上げていければと思っております！

今回もお楽しみいただけると幸いです。


さて、先ほど書いた通りなので、本編の話は九十九さんにお願いするとして私は適当な近況報告だけしようと思います（笑）。

私はあんまり流行りものについていけてないタイプなんですが、最近某ＦＰＳゲームを始めました。配信見てたり世界大会の活躍とか見てると創作者としてはついて行かなくちゃ！　という志高い話ではなく、たまたま近所でＰＳ５が買えたから始めました。
なので世界大会で話題になった方ではなくバトロワをやってます。
あんまりゲームうまくないのでついて行くのもやっとですが、下手なりに楽しくって、あーなんか、創作に生かせないかなぁとか企んでいます。

こんなことを考えている時間が一番楽しいかもしれない。

最後になりましたが伊藤宗一先生、前巻表紙が最高で頂いたときからテンション上がりっぱなしでした。今回も最高でした！　ありがとうございます！

担当いただきました編集さん、関わっていただいた多くの皆さんに感謝を。

そして何より、本書をお手に取っていただいた読者の皆様、いつもありがとうございます。

コミカライズもスタートします。

ぜひこれからもよろしくお願いいたします！

すかいふぁーむ

この作品の感想をお寄せください。

あて先　〒101-8050　東京都千代田区一ツ橋2-5-10
集英社　ダッシュエックス文庫編集部　気付
九十九弐式先生　すかいふぁーむ先生　伊藤宗一先生

ダッシュエックス文庫

ポイントギフター《経験値分配能力者》の異世界最強ソロライフ2
～ブラックギルドから解放された男は万能最強職として無双する～

九十九弐式
すかいふぁーむ

2022年6月29日　第1刷発行

★定価はカバーに表示してあります

発行者　瓶子吉久
発行所　株式会社　集英社
〒101−8050　東京都千代田区一ツ橋2−5−10
03(3230)6229(編集)
03(3230)6393(販売／書店専用)　03(3230)6080(読者係)
印刷所　大日本印刷株式会社
編集協力　蜂須賀隆介

ISBN978-4-08-631475-6 C0193

がうがうモンスター（双葉社）にてコミカライズ開始!!
―漫画―
日野彰
―原作―
九十九弐式
すかいふぁーむ
―キャラクター原案―
伊藤宗一
《経験値分配能力者》
ポイントギフターの
異世界最強ソロライフ
ブラックギルドから解放された男は
万能最強職として無双する

COMICALIZE
Pointgiftter
フィルドの最強ソロライフが漫画でも読める……!!
本当に出ていっていいのか?
…今 何て言った?
フィルド お前はもう必要ないんだ
言った通り貸した経験値全て返してもらうぞ
──こんなギルド

最強テイマーが
楽園を築く——。
すかいふぁーむが紡ぐ
辺境開拓テイムライフ!!
1~2巻
大好評
発売中!!
史上最強の
宮廷テイマー
~自分を追い出して崩壊する王国を尻目に、
辺境を開拓して使い魔たちの究極の楽園を作る~
Author
すかいふぁーむ
Illustration
さなだケイスイ